紫式部伝

源氏物語はいつ、いかにして書かれたか

斎藤正昭 著

笠間書院

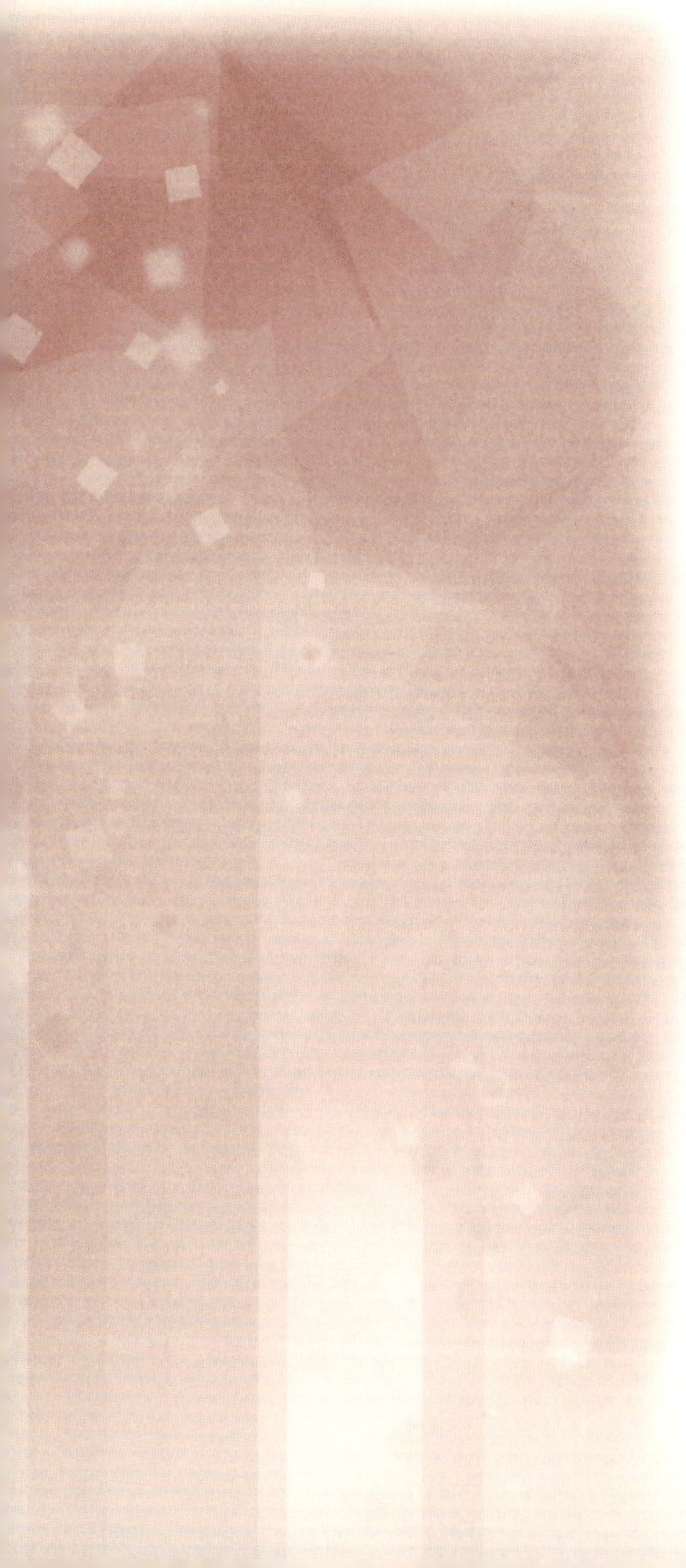

はじめに

王朝文学の最高峰『源氏物語』の作者紫式部は、どのような女性であったか。この素朴な疑問に対する答えは、必ずしも明確ではないところがある。紫式部の伝記研究は、一九六〇年代後半から一九八〇年代前半にかけて出版された今井源衛氏(1)・清水好子氏(2)・稲賀敬二氏(3)等の各高著に代表されるように、一定の成果を上げてきた。しかしそれ以降、伝記研究は細分化され、詳細となる一方、大局的には紫式部の全体像それ自体が鮮明でなくなるというジレンマを抱えているのが現状であるようだ。また、紫式部の幼少期から青春期前半までは、ほとんど不明のままであるという従来の研究の欠点も未だ越えられていないと言ってよい。そして何より『源氏物語』五十四帖がいかにして生まれたか、特にその成立過程については、残念ながら定説らしきものがないという状況が続いている。

こうした中、筆者は前著『源氏物語　成立研究』(笠間書院刊)において、ある程度、紫式部の全貌に迫り得る感触を得た。本著ではその成果をもとに、前著における『源氏物語』を通しての考察を、今度は紫式部を中心にとらえることを試みた。その際のキーワードとなったのが勧修寺流《かじゅうじ》・具平《ともひら》親王・帚木《ははきぎ》三帖である。このキーワードを手掛かりに、点在する資料をとらえ直すことによって、おのずと紫式部の全体像、そして『源氏物語』が生まれた背景が浮かび上がってきた。

『源氏物語』成立にかかわる細かな論証は必要最低限に止どめたので、その詳細については前著『源氏物語　成立研究』を参照して頂ければ幸いである。本著が紫式部、そして『源氏物語』の魅力を紐解く一助となれば、筆者にとって、これに勝る喜びはない。

（1）〈人物叢書〉『紫式部』の旧版は昭和41年に刊行された。当時の歴史的・政治的背景を踏まえつつ、紫式部の人間像を克明に描き出す。晩年の記述を中心に、昭和60年、大幅な改訂が加えられた。

（2）岩波新書『紫式部』として昭和48年に刊行。『紫式部集』を中心に、その生涯を年代順に叙述。青春期の女友達との友情、夫宣孝との結婚生活と死別、宮仕えや晩年の交友が詳細に綴られている。

（3）日本の作家シリーズの一冊として、『源氏の作者　紫式部』を昭和57年に刊行。氏の『源氏物語の研究―成立と伝流』（昭42、笠間書院）等の源氏物語論を基底としつつ、従来の紫式部研究を踏襲する。

・『源氏物語』の本文は、山岸徳平校注『源氏物語』一～五（日本古典文学大系、岩波書店）、『紫式部日記』の本文は、主に伊藤博校注『紫式部日記』（新日本古典文学大系24所収、岩波書店）、『紫式部集』の本文は、南波浩校注の岩波文庫本『紫式部集』に拠った。ただし、読解の便宜を図るため、表記は適宜、改めた。

・右に記した以外の主要な本文の引用は、章毎に示した。読解の便宜を図るため、表記は適宜、改めた。

目次

目次

紫式部伝——源氏物語はいつ、いかにして書かれたか

1　家系――勧修寺流との繋がり――

紫式部の生涯を振り返るとき、彼女自らの家門（家柄）にかかわる認識は、極めて重要である。紫式部は『源氏物語』の作者という傑出した個性的存在である一方、それを生み出した環境・背景の多くは、あくまで受領《ずりょう》層（地方の国司に任ぜられた中流貴族階級）出身という彼女の家系・家柄から導き出されている。本著で述べるように、彼女の結婚、物語の執筆、そして宮仕えも大局的には、その影響下にあったといっても過言ではない。また、『源氏物語』はもとより、『紫式部日記』『紫式部集』に散見される紫式部自らの家門に対する意識は、彼女の精神的基底ともなっていた。一口に受領層の家柄といっても多種多様である。彼女の場合、その人生を左右する直接的な人間関係は、曾祖父の時代より紐解かれる。以下、煩《はん》を厭《いと》わず、紫式部出生に至るまでの彼女の家系をたどってみたい。

紫式部は、藤原氏の中でも名門の北家《ほっけ》出身である。

系図1

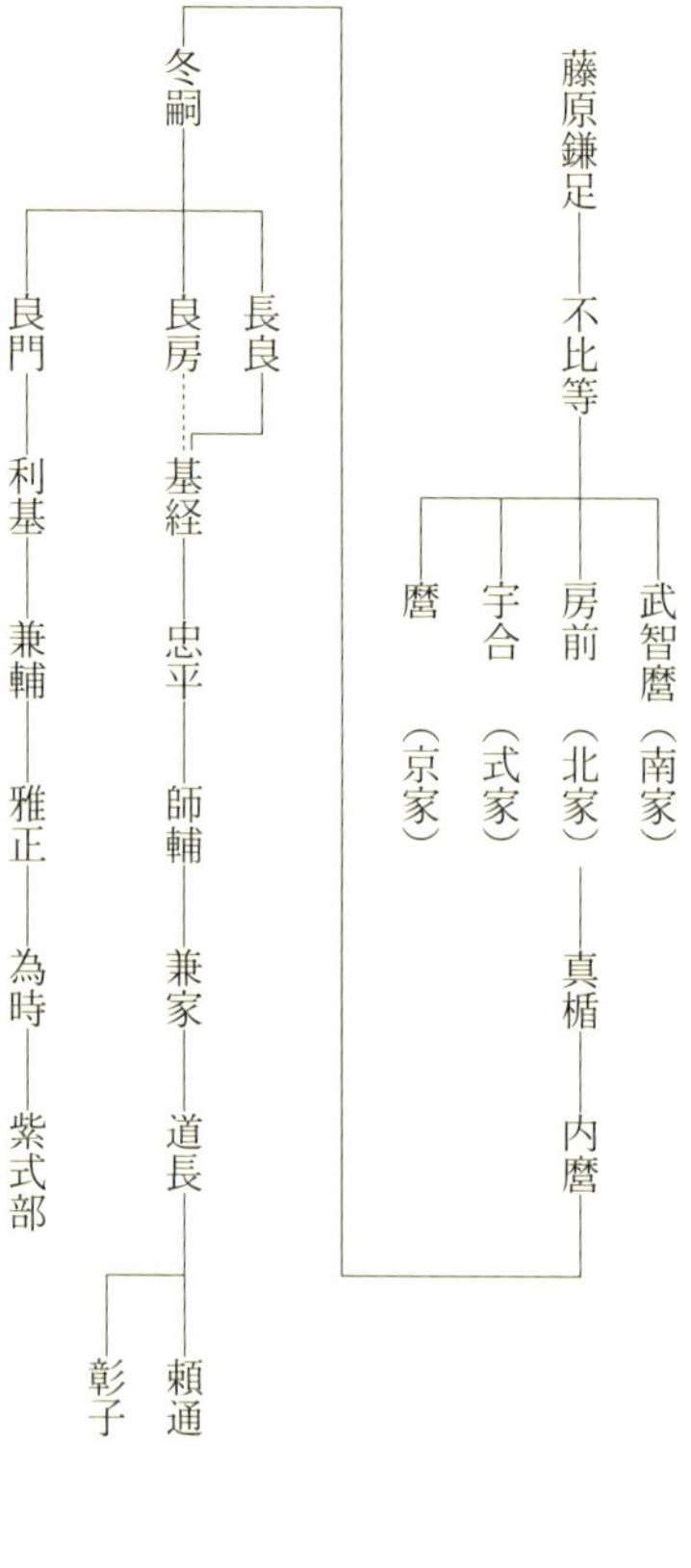

今は昔、淡海公《たんかいこう》と申す大臣《おとど》おはしけり。実の御名は不比等《ふひと》と申す。大織冠《だいしよくわん》（＝鎌足）の御太郎……なり。……男子四人ぞおはしける。……二郎は、房前《ふささき》の大臣と申しけり。……二郎の大臣は、親の御家よりは北に住し給ひければ、北家と名付けたり。……この四家の流々、この朝に満ち弘ごりて、ひまなし。その中にも二郎の大臣の御流は、氏の長者を継ぎて、今に摂政関白として栄え給ふ。世をほしいままにして、天皇の御後見として、まつりごち給ふ、ただこの御流なり。(1)（『今昔物語集』巻第二二「淡海公を継げる四家の語第二」）

大意　藤原鎌足の長男で淡海公と称された不比等には、四男があった。次男房前は、不比等の住居から北の方角に住んでいたため、北家と呼ばれた。四兄弟の子孫たちは、日本中に満ちて繁栄したが、中でも、この房前の一門は代々、藤原氏全体の長となり、今でも摂政関白として栄えている。権勢を奮い、天皇の後見として政治を行っているのは、この一族である。

北家とは、右に説明されているように、かの大化の改新の立役者で藤原氏の始祖でもある鎌足の孫房前（六八一〜七三七）の流れで、その子孫は摂政・関白を独占した。「この世をば我が世とぞ思ふ望月《もちづき》の欠けたることもなしと思へば」と我が世を謳歌《おうか》して、摂関政治の頂点に立った藤原道長も、同じ北家の流れで、紫式部とは十二親等の親戚に当たる（系図1、参照）。しかし紫式部の家系は、摂関嫡流家とは異なり、彼女の五代前の良門《よしかど》の代より政権の座から遠ざかる（以下、系図2、参照）。具体的に述べれば、嵯峨天皇の寵臣《ちょうしん》として活躍した左大臣冬嗣《ふゆつぐ》（七七五〜八二六）、その七男である良門は早世したこともあり、従四位上《じゅしいのじょう》（もしくは正六位下《しょう》）内舎人《うどねり》にとどまった。それでも良門の門流は二男高藤《たかふじ》の女《むすめ》胤子《いんし》が醍醐天皇の生母となったため、勧修寺《かじゅうじ》家として栄えることになる。一方、紫式部の家系は高藤の兄で従四位上どまりの右中将利基《としもと》の流れであり、以降、誇るべき先祖としては、利基六男で「堤《つつみ》中納言」として名高い従三位《さんみ》の兼輔《かねすけ》（八七七〜九三三）が挙げられるのみである。

系図2

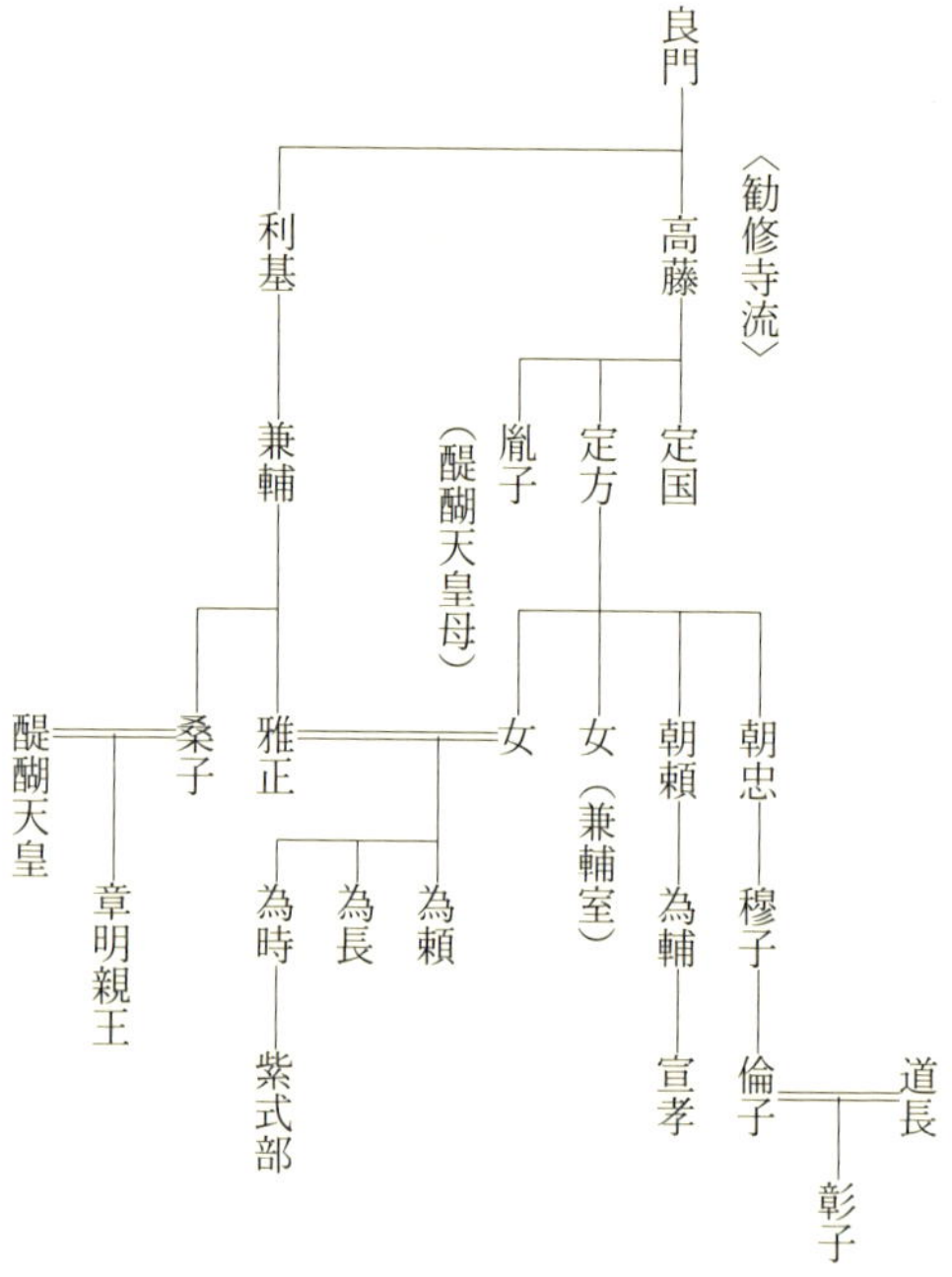

堤中納言藤原兼輔は、後述するように、同時代の歌壇で活躍した人物であり、賀茂川の堤沿いに居宅を構えたことから、このように称された。平安時代後期以降成立の短編物語集『堤中納言物語』も、兼輔自身の関与は皆無ながら、その文学的功績に敬意を評した書名で

あったかと思われる。

兼輔の栄光は、女桑子《そうし》を醍醐天皇の後宮《こうきゅう》に入れ、第十三皇子である章明《ふみあきら》親王をもうけたことに象徴される。

人の親の心は闇にあらねども子を思ふ道に惑ひぬるかな

〈人の親の心は闇ではないけれども、子を思う（闇夜の）道に迷い込んでしまったことよ。〉

我が子ゆえ理性なき闇夜に迷う切々たる親の情愛を謳《うた》った、この兼輔の代表歌は、入内《じゅだい》当初、桑子が寵愛されるかどうかを案じて醍醐天皇に献詠されたとも伝えられている（『大和物語』第四五段）。『源氏物語』中、この歌が引歌《ひきうた》として多くもちいられている事実や、「桐壺」巻の時代設定が醍醐天皇の御代に擬せられること、桑子が桐壺更衣《こうい》と同じく更衣であったことは、紫式部における曾祖父兼輔の存在の大きさを物語っていよう。紫式部が育ったのは、賀茂川沿いに構えられた堤中納言邸と言われている。(2) 四季折々の花木が植えられていた、この風流な邸宅には、兼輔をパトロン筋と仰ぐ紀貫之も出入りしていた。

藤原兼輔の中将、宰相になりて、慶《よろこ》びにいたりたるに、初めて咲いたる紅梅を折り

て、「今年なむ咲き始めたる」と言ひ出《いだ》したるに

春ごとに咲きまさるべき花なれば今年をもまだあかずとぞ見る

（『貫之集』）

延喜《えんぎ》二十一年（九二一）正月、兼輔は四十五才にして待望の参議（大臣・納言に次ぐ要職）となる。そのお祝いに馳せ参じた貫之は、植えてから今年初めて開花した庭前の紅梅に、兼輔一門の繁栄の吉兆を期して右の歌を詠み、「本当の慶事は、これからでございます」と言《こと》祝《ほ》いでいる。

このように紀貫之を筆頭として、凡河内躬恒《おおしこうちのみつね》・清原深養父《ふかやぶ》等と兼輔の交遊関係は、堤中納言邸や別邸の粟田《あわた》山荘を中心として繰り広げられ、延喜時代における文化隆盛の一角を担った[3]。その交遊の輪の一人で、かつそれを支えた人物こそ、三条右大臣藤原定方《さだかた》（八七三〜九三二）である。定方は先に述べた勧修寺家の始祖となる高藤の男で、兄定国《さだくに》亡き後、家長となった。兼輔の従兄弟であり、年も四才年上と比較的近く、二人は深い信頼によって結ばれていた[4]。そうした親密さは、兼輔が最も多く和歌の贈答をした相手が定方であること、そして兼輔と定方女の結婚に端的に示されている。

三条の右の大臣のむすめ、堤の中納言に逢ひ始め給ひける間に、内蔵《くら》の助《すけ》にて、内裏《うち》の殿上をなむし給ひける。女は逢はむの心やなかりけむ、心もゆかずなむいますかりける。

男も宮仕へし給ひければ、え常にはいませざりける頃、女、
　薫物《たきもの》のくゆる心はありしかど一人は耐えて寝られざりけり
返し、上手なればよかりけめど、え聞かねば書かず。(5)
（『大和物語』第一三五段）

〈三条右大臣の娘が堤中納言と結婚なさった当初は、（堤中納言は）内蔵の助で、宮中の殿上にてお仕えしていた。女は結婚しようとする思いがなかったのであろう、気乗りせずいらっしゃった。男も宮仕えをなさっていたので、常にはお通いになれなかった頃、女が、
　練り香が「燻《く》ゆる」ように、（あなたとの結婚を）「悔《く》ゆる（＝後悔する）」心はありましたけれど、一人ではとても寝られませんでした。
（堤中納言の）返歌は、上手な詠み手なので優れていたであろうけれど、聞くことができなかったので、書かない。〉

右によれば、兼輔は内蔵助《くらのすけ》（内蔵寮の次官）であった頃に定方女に通い始めた。兼輔が未だ二十七才から三十一才までの頃である。桑子入内や従三位までに至った兼輔の昇進も、この定方を抜きにしては語れない。
こうした兼輔と定方の深い結び付きは、次代以降にも定方女たちを介して受け継がれてい

く。兼輔の妻定方女は承平二年（九三二）までの生存が確認されるのに対して、延喜十九〜二十年（九一九〜九二〇）に妻を亡くしたことを示す資料が残されていることから、兼輔には定方女以外の妻の存在が確認される。(6) したがって兼輔の長男雅正《まさただ》（?〜九六一）は定方女所生であったか否か定かではないが、父と同様、定方女を妻に迎えており、紫式部の伯父為《ため》頼《より》・為長《ためなが》、父為時《ためとき》の三兄弟が生まれている。後に述べる具平《ともひら》親王と為頼、花山《かざん》天皇と為時の密接な関係も、定方女である紫式部の祖母とその姉たちの存在が大きくかかわっている。ちなみに、紫式部の夫となる藤原宣孝《のぶたか》は定方の曽孫であり、勧修寺家の流れの中での婚姻となる。また道長の正室倫子《りんし》も定方の曽孫の血筋に当たり、紫式部に対する彰子《しょうし》中宮への出仕の要請は、倫子側からもなされたと思われる。

　このように紫式部の一門は、兼輔の代より勧修寺流との繋《つな》がりの中で活路を見いだしていった傾向が強い。しかし一方、時代の趨勢《すうせい》として権門《けんもん》の中枢にある摂関家との距離は縮まることなく、祖父雅正は従五位上が最高位であり、豊前守《ぶぜんのかみ》等を経て周防《すおう》守の在任中に、かの地において没している。伯父為頼（?〜九九八）は受領（現地に赴く国司）を歴任し、為長も陸《む》奥《つ》守で没した。紫式部の家系は雅正の代より典型的な受領層に定着したと言えよう。

2 家族と出生

紫式部の人生に及ぼした父為時の影響は、看過できぬものがある。また、幼少時に母が死別していたであろうことも、感受性豊かな彼女の心に深く刻まれたに違いない。

日本文学史上、屈指の物語作家を世に送り出した両親とは、いかなる人物だったのだろうか。

紫式部の父為時は、若くして文章《もんじょう》博士の菅原文時《ふみとき》（道真の孫）の門に学び、省試（文章生になるための式部省の試験。「式部省」とは八省のひとつで、文官の考課・選任等や大学寮の管轄をつかさどった。）に合格して文章生《しょう》（大学寮で詩文等を学び、学生・擬文章生を経て省試に合格した者）となった。安和元年（九六八）、地方官の播磨《はりま》権少掾《ごんのしょうじょう》（「権」は副の意。「少掾」は「大掾」の下で、〝掾〟は国司の第三等官）に就任。紫式部の母藤原為信女《ためのぶのむすめ》との結婚は、それ以降であったろうか。

紫式部の母系も北家の血筋であるが、父系が冬嗣の七男良門の流れであるのに対して、母系は長男長良《ながら》の流れで、父系同様、祖父為信の代に至っては受領層に定着していた（以下、系図3、参照)。曾祖父藤原文範《ふみのり》(九〇九〜九九六)は長命だったこともあって、参議・権中納言を経て、寛和《かんな》二年(九八六)には従二位に昇進したが、三男為信は従四位下で越後守・常陸介《ひたちのすけ》等を歴任するにとどまる。為信の兄為雅《ためまさ》も正四位下・備中守であった。ちなみに為雅の妻は藤原倫寧女《ともやすのむすめ》、すなわち道綱母の姉妹で、『蜻蛉日記』にも為雅の名が見える。

系図3

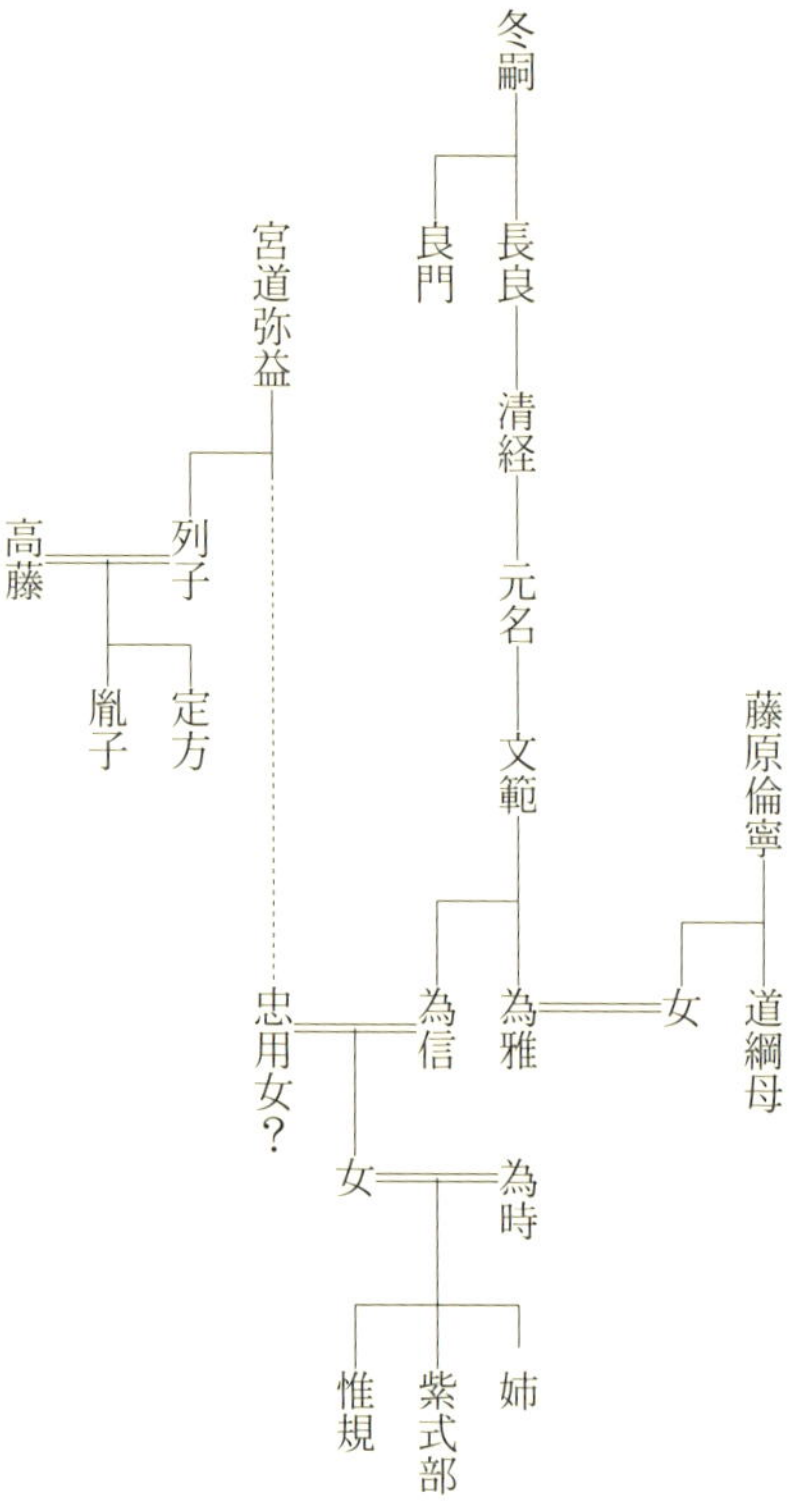

紫式部の母方の祖母は、為信の長男理明《まさあきら》と同母であるならば、従五位下・宮道忠用《みやじただもち》の女

勧修寺の氷室池（京都市山科区）筆者撮影、以下同

となる（『尊卑文脈《そんぴぶんみゃく》』）。宮道氏は、勧修寺家繁栄の礎を築いた胤子《いんし》（宇多天皇女御《にょうご》・醍醐天皇母）の母、すなわち高藤《たかふじ》の正室である列《れっ》子《し》を送り出した一族である。『今昔物語集』によれば、若き日の高藤は山科《やましな》の地に鷹狩りに出掛けた際、雨に降りこめられ、宿を借りた家の少女と一夜の契りを結んだ。少女の面影を忘れられない高藤は六年後、その家を捜し当て、美しく成長した彼女との再会を果たす。そして、かの折に授かった幼女とも対面する。女は大領《だいりょう》（＝郡の長官）宮道弥益《いやます》の娘という身分違いの者であったが、高藤は我が子共々、京に迎え入れたと伝えられる（『今昔物語集』巻第二二「高藤内大臣語第七」）。その幼女こそが胤子であり、高藤と宮道弥益女の結婚により、勧修寺家が生まれた。紫式部の母方の祖母を宮道氏とするならば、紫式部の

両親の接点も、そうした勧修寺家の流れの中にあったということになろう(1)。

為時と為信女との間には、姉・紫式部・弟惟規《のぶのり》(兄とする説もある)が生まれた。しかし為信女は、この三姉弟を世に送り出した後、早世したらしい。為時が亡妻へ捧げたと思われる次のような歌が残されている。

語らひける人のもとに、櫛《くし》の箱を置きたりけるを、その人、亡くなるとて、確かに結《ゆ》ひなどして、おこせたるを見て

亡き人の結び置きたる玉櫛笥《たまくしげ》あかぬ形見と見るぞ悲しき　(『玄々集』)

通っていた妻のもとに置いていた櫛箱が、妻亡き後、しっかりと紐《ひも》で結ばれて送られてきた。それを見て為時は右の歌を詠み、再び妻の手によって永久に開けられることのない形見となった櫛箱に、尽きることのない悲しみを重ね合わせた。この歌は、「桐壺」巻の発想の基盤となった『長恨歌』の終盤、仙界より持ち帰らせた楊貴妃の形見の品である鈿合金釵《でんごうきんさい》(螺鈿《らでん》細工の小箱と金のかんざし)を、玄宗皇帝が手にして悲嘆する場面を想起させる。紫式部は、母への愛を込めた父為時の歌、そして形見として残された櫛箱を通して、物心付かぬ間にこの世を去った母の幻影を垣間見たことであろう。

紫式部の出生年次は不明であるが、近年の諸説は天延元年(九七三)前後に、ほぼ集中し

ている。(2) この頃の手掛かりとなるのは、為時の播磨権少掾就任を伝える次の記録である。

権大納言藤原伊尹宣。奉勅、播磨権少掾藤原為時任符、不待本任放還、且令請印者。

安和元年十一月十七日

少外記大蔵弼邦奉（『類聚符宣抄《るいじゅうふせんしょう》』第八）

右によれば、為時は安和元年（九六八）十一月、播磨権少掾に任ぜられたが、その際、傍線部に「本任の放還を待たず」とある通り、都に戻ることなく、前任地から直接、播磨国（現在の兵庫県南西部）に赴くように命じられている。この命令がそのまま実行されたとするならば、為時と為信女との結婚は、当時の旅の困難さからして、播磨権少掾の任期を終えて京に戻った後とするのが自然であろう。為信女自ら夫となる為時のもとに赴いたとは思われないからである。あるいは、たとえその間に一時的な帰京があって、その折に結婚したとしても、まだ夫婦としての信頼関係が築かれていない段階で、不慣れな遠い地に妻を伴って任国に下向したとも考えにくい。為時の任期を四年とした場合、その帰京は天禄三年（九七二）末頃となり、帰京早々の結婚、姉とは一つ違いとしても、紫式部の出生は早くとも天延二年（九七四）末頃以降となる。

一方、寛弘七年（一〇一〇）夏頃に執筆されたとされる『紫式部日記』消息文の跋文《ばつぶん》には、次のような紫式部本人の年齢を窺わせる箇所がある。

いかに、いまは言忌《ことい》みし侍らじ。人、と言ふとも、かく言ふとも、ただ阿弥陀仏に、たゆみなく経を習ひ侍らむ。……年もはた、（出家には）よき程になりもてまかる。いたう、これより老いほれて、はた目暗うて経、読まず、心もいとど、たゆさ勝り侍らむものを、心深き人まねのやうに侍れど、いまはただ、かかる方の事をぞ思ひ給ふる。

（『紫式部日記』）

〈何としても、もう言葉の慎みは致しますまい。人があれやこれやと言おうとも、ただ阿弥陀仏に、怠りなくお経を習いましょう。……年齢も、やはり（出家には）よい程になって参りました。ひどくこれ以上、年をとって、また目もかすんでお経を読まなくなり、気力も一層、萎《な》えていきましょうから、信心深い人まねのようでございますけれど、今となってはただ、こうした（仏道）方面の事を心掛けております。〉

右のうち、特に着目されるのは、出家するにふさわしい年齢に達して来たという傍線部の記述である。紫式部にとって出家するにふさわしい年齢とは、『源氏物語』から察するところ、厄年となる三十七才が目安となろう。この年齢に達して藤壺は出家・死去し、紫の上も発病して出家を願っている。特に紫の上の場合、本来、三十九才であるべきところ、「今年は三十七にぞなり給ふ」(「若菜下」巻)とある。また、六条御息所は厄年の前年、三十六才の秋に重病となり、出家・死去している。(3) この厄年に対する作者のこだわりを踏まえて、紫式部が出家するにふさわしい年齢に達して来たとした寛弘七年を、厄年となる前年の三十六才とするならば、逆算すると生年は天延三年(九七五)となり、(4) 為時の播磨権少掾就任から導き出された推定年次とほぼ一致する。為信女は、為時と播磨国からの帰京早々に結婚し、その翌年(九七三)末頃から翌々年の間に姉、九七五年には紫式部を、そして九七六年に惟規と引き続き出産して体力を消耗した結果、程なく他界したのではなかろうか。

為信女亡き後であったか、為時が通った女から生まれた紫式部の異母兄弟には、従五位下・安芸《あき》守の惟通《のぶみち》、三井寺の阿闍梨《あじゃり》となった定暹《じょうせん》がいる。他に女子も一人いたようだが、母方の邸で育ったのであろう、この異母兄弟たちとの交流があった気配はない。

3　幼少期から少女期

　母為信女亡き後、紫式部たちは為時のもとに引き取られた。母方の祖母でなかったのは、既に亡くなっていたためであろうか。あるいは健在であったとしても、宮道氏出身とすれば家柄的に劣り、父方で育てられるのが将来的にも幸せであるという判断があったためかもしれない。いずれにせよ、為時のもとに引き取られたのは彼の、亡妻そして遺児たちへの愛情の証にほかならないが、それを容易とした背景には、為時の母である三条右大臣定方女《さだかたのむすめ》の存在・意向があったと思われる。この父方の祖母は、紫式部が父に伴って越前国に下向する長徳二年（九九六）頃まで、生存していたようである。『為頼集』には、そうした事情を窺わせる歌が載せられている。

越前へ下るに小袿《こうちき》の袂《たもと》に
夏衣うすき袂を頼むかな祈る心の隠れなければ
人の遠き所へゆく、母に代りて

人と成る程は命ぞ惜しかりし今日は別れぞ悲しかりける　　（『為頼集』）

〈越前に下向する時に、小袿（＝女房装束の平常衣として、一番上に着るもの）の袂に（入れて詠んだ歌）。

夏衣の薄い袂を頼みにすることであるよ。（「無事であれ」と）祈る（私の）心は（この薄衣《うすぎぬ》が透けるように）隠れようもないので。

人が遠い所へ行くのを、母に代わって（詠んだ歌）。

（お前が）一人前になる間は命が惜しかったことだ。（しかし思いが叶《かな》い、長生きできたもののの、やっと一人前になったのに）今日、別れなければならないのは、悲しいことであるよ。〉

為頼は弟為時の越前下向に際して、右の二首を詠んだ。このうち、後者の歌「人と成る程は……」は、傍線部にあるように年老いた母に代わって、為頼が姪《めい》の紫式部に向け詠んだものであろう。(1)早世した母代わりに、幼少時より見守ってきた孫の紫式部が、やっと一人前に成長した時点で、別れなければならない――この祖母の悲しみが、代詠ながら読み取れるからである。この歌からすれば紫式部は、祖母の庇護のもとで育てられた可能性が強い。紫式部たち姉弟は、堤中納言邸で祖母と共に暮らしたと想定される。(2)「浮舟」巻に代表されるリ

アルな老女たちの描写は、そうした祖母のいる環境の中で培われたものであったろう。(3)

紫式部の母が死去したと推定される翌年の貞元《じょうげん》二年（九七七）、為時は時の東宮、師貞《もろさだ》親王の読書始《ふみはじめ》の儀（皇太子等が七・八才になって、初めて漢籍を読む儀式）に際して、副侍読《じどく》をつとめる栄誉に輝いている（「侍読」は天皇、または皇太子に学問を教授する職）。そして永観二年（九八四）、親王が即位して花山《かざん》天皇となると、式部丞《しきぶのじょう》（式部省の判官）・蔵人《くろうど》という栄進を遂げた。ちなみに、紫式部の「式部」という呼称は、この時期の父親の官職名に由来する。為時は四十路《よそじ》に差しかかろうとしていた頃か、(4) 遅まきの昇進ながら、その喜びを次のように詠ん

系図4

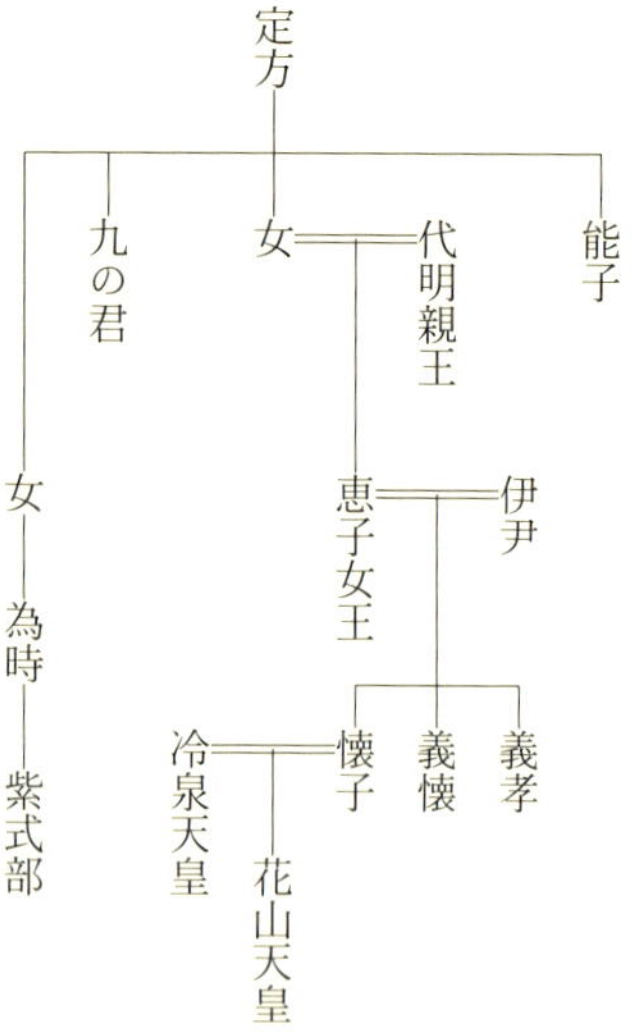

でいる。

遅れても咲くべき花は咲きにけり身を限りとも思ひけるかな

（『後拾遺和歌集』巻第二春下）

自らを「遅れても咲くべき花」に譬《たと》えたところに学問で身を立てた為時のプライドが窺われる。こうした為時一家に希望の火を灯した花山天皇幼少時からの繋《つな》がりは、花山天皇の祖母である一条摂政伊尹《これまさ》室の恵子《けいし》女王（?～九九二）と、為時の母定方女との関係に求められる。為時の母は、恵子女王の母代明《よあきら》親王室の妹である。代明親王室は承平六年（九三六）に没しているが、『大和物語』によれば、代明親王室没後、その御子たちは代明親王とともに右大臣定方邸に移り、親王が邸を去ってからも、そのまま御子たちは、そこで養育された。

故中務《なかつかさ》の宮（＝代明親王）の北の方、亡せ給ひて後、小さき君たちを引き具して、三条右大臣殿（＝故藤原定方邸）に住み給ひけり。御忌みなど過ぐしては、つひに一人は過ぐし給ふまじかりければ、かの北の方の御おとうと九の君を、やがてえ給はむと（代明親王は）思しけるを、「なにかは、さも」と、親はらからも思したりけるに、いかがありけむ、左兵衛《さひやうゑ》の督《かみ》の君（＝藤原師尹《もろまさ》）、侍従《じじゅう》にものし給ひける頃、その御文もて来となむ聞き給ひける。さて心づきなしとや思しけむ、もとの宮になむ渡り給ひにける。その時に、御息所《みやすどころ》（＝亡妻の姉能子《のうし》）の御もとより、

亡き人の巣守《すもり》にだにもなるべきを今はとかへる今日の悲しさ

宮の御返し、

巣守にと思ふ心はとどむれどかひあるべくもなしとこそ聞け

となむありける。

（『大和物語』第九四段）

〈故中務の宮の正妻がお亡くなりになって後、（中務の宮は）小さいお子たちを引き連れて、（正妻の実家である）三条右大臣邸にお住みになった。御喪などが明けてからは、いつまでも一人ではお過ごしになるはずもなかったので、あの妻の妹の九の君と、そのまま結婚なさろうとお思いになっていたところ、「どうして（差し障りがあろう）。そのようにも」と親兄弟もお考えになっていたのに、どうしたのであろうか、左兵衛の督の君が侍従でいらっしゃった頃、そのお手紙を（九の君に）持ってきていると（中務の宮は）お耳に入れた。それで、不愉快だとお思いになったのであろう、元の御邸宅にお戻りになってしまった。その時に、御息所の御もとから（中務の宮に次の歌がおくられた）。

亡き妹に代わって御子たちをお見守りにならねばなりませんのに、これを限りと

お帰りになる今日は悲しいことでございます（「巣守」は孵化しないで巣に残ってい
る卵。母を亡くした御子たちと、巣を守るの意を掛ける）。

（中務の宮の）返歌は、

子供たちを見守りたいと思う心は重々ございますが、かいがありそうもないとお
聞きしましたので（「かひ」は「卵《かひ》」と「甲斐《かひ》」の掛詞）。

とあったことである。〉

右には、妻亡き後、御子たちを引き連れてその里邸に移り住んだ恵子女王の父代明親王が、同じ邸内に住む妹の九の君との結婚を望んだものの、師尹というライバルの出現により、身を引き、御子たちの養育を里邸の人たちに託して邸を去った経緯が語られている。代明親王はこの後、間もなく薨去《こうきょ》しており、恵子女王もそのまま定方邸で養育されたと思われる。為時の母はその養育に携わったのであろう、この姪の恵子女王の成人後、彼女に付き添い、伊尹家の女房として出仕したと伝えられている。陽明文庫蔵『後拾遺和歌抄』第三「夏」二三七番歌の作者「藤原為頼朝臣」に施された脚注には、「母一条摂政家女房」(5)とある。

このような姪と叔母の長年にわたる関係が、為時を花山天皇の側近の一人として近づけたと思われる。恵子女王の女懐子《かいし》（冷泉天皇女御《にょうご》）が天延三年（九七五）、花山天皇の八才の折、三十一才で既に逝去していることも、花山天皇に対する祖母恵子女王の影響力を強める一因

となった。

「花山法皇ノ外祖母恵子女王ニ封戸・年官・年爵ヲ充ツル勅」には、

朕《ちん》、幼日ニ当リテ、早ク先妣《せんぴ》ニ別ル。祖母、朕ヲ視ルコト、亦猶《な》ホ子ノゴトシ。（『本朝文粋《もんずい》』）

〈私は幼少の頃、早く母を失った。祖母が私を見るのは、全く我が子のようであった。〉

とあり、花山天皇にとって恵子女王が母代わり的存在であったことが窺われる。

紫式部は幼い頃より利発であった。『紫式部日記』には、そうした彼女の少女期を垣間見させてくれる、有名なエピソードが残されている。

この式部の丞《じょう》と言ふ人（＝惟規）の、童《わらは》にて書《ふみ》読み侍りし時、聞き習ひつつ、かの人は遅う読み取り、忘るる所をも、（私は）あやしきまでぞ聡《さと》く侍りしかば、書に心入れたる親（＝父為時）は、「口惜しう、男子《をのこご》にて（お前を）持たらぬこそ、幸ひなかりけれ」とぞ、常に嘆かれ侍りし。（『紫式部日記』）

惟規が漢籍を遅く読み取り、忘れているところも、傍らでいつも聞いていた紫式部は驚き呆《あき》れる程よくできたので、学問に熱心だった父為時は「おまえが男でなかったのは、我が家の不運であること」と常に嘆いたとある。惟規にしてみれば学習意欲を殺ぐようなこの父為時の言葉も、一家の脚光の時代が訪れつつあったことを思えば、次代における更なる繁栄を望めただけに、無理からぬところもあったろう。

しかし、為時一家の夢を担った花山朝政権は寛和二年（九八六）、わずか二年を満たずして唐突に幕を閉じる。もとより、この政権は脆弱《ぜいじゃく》さをはらんでいた。当時の摂関政治は、天皇と外祖父（母方の祖父）の連携、もしくはその強力なサポートを前提として行われるのが通例である。しかし、外祖父伊尹は花山天皇即位以前に没しており、この政権を支える中心人物は、未だ中納言の義懐《よしちか》（伊尹男）であったに過ぎない。結局、懐仁《かねひと》親王（一条天皇）即位を切望する兼家一家の策略により、十九才の若さで花山天皇は譲位・出家し、兼家一家の天下が訪れる。敵方の政権下では昇進は愚か現状維持も期待できない。為時一家は、極めて深刻な事態に直面したと言わねばならない。それ以前に夢溢《あふ》れる時期を体験していただけに、その落差は精神的・経済的重圧となって為時一家を襲ったに違いない。事実、為時は式部大丞・蔵人の職を解かれ、以後十年間、受領となりえず不遇な時代を迎えることになる。

4　少女期から青春期

為時一家の不遇な時代を、紫式部は多感な少女期から青春期に過ごさねばならなかった。人の変節や歳月の中での世の哀歓等、そこで見聞きしたであろう多くは、後に『源氏物語』の世界の厚みを増すものとなって結実するのだが[1]、そうした一家の苦難の時期においても、明るい少女・青春期の日々があったようである。

早うより童友達《わらは》なりし人に、年頃、経て、行き会ひたるが、ほのかにて、七月十日の程、月に競《きほ》ひて帰りにければ

1　めぐり逢ひて見しやそれとも分かぬ間に雲隠れにし夜半《よは》の月影　（『紫式部集』）

百人一首でも有名なこの『紫式部集』冒頭歌は、ずっと以前から幼友達であった人と、何年かぶりに出会ったのに、わずかな時間で帰ってしまったのを惜しんで詠まれた。傍線部「早うより童友達なりし人」の存在は、少女時代における紫式部の交遊関係の一端を覗《のぞ》かせ

る。そうした交遊関係が生まれた背景には、紫式部が女房見習い的に女童《めのわらわ》として、ある貴顕の邸に出入りしていた可能性が考えられる。(2)

彰子《しょうし》中宮に出仕する以前、紫式部が他家に仕えていた形跡は、『紫式部日記』寛弘五年（一〇〇八）十月中旬の条に記された次の一節から窺われる。

> 中務《なかつかさ》の宮わたりの御事を（道長様は）御心に入れて、そなたの心寄せある人と思して、語らはせ給ふも、まことに心のうちは思ひゐたる事、多かり。（『紫式部日記』）

藤原道長は紫式部を、傍線部「そなたの心寄せある人（＝具平親王家側からひいきのある者）」として、中務宮具平《ともひら》親王に関する件で相談事をもちかけ、それに対して紫式部は心中複雑な思いを抱いたとある。当時、具平親王女隆姫《たかひめ》と道長の嫡子頼通《よりみち》との縁談が進められていた。『栄花物語』には、両家の縁談について次のように記されている。

> 六条の中務の宮（＝具平親王）と聞こえさするは、故村上の先帝の御七宮におはします。麗景殿の女御（＝荘子女王）の御腹の宮なり。……その宮、この左衛門督殿《さゑもんのかみどの》（＝頼通）を心ざし聞こえさせ給へば、大殿（＝道長）聞こし召して、「いと、かたじけなき事なり」と畏《かしこ》まり聞こえさせ給ひて、「男《をのこ》は妻《め》がらなり。いと、やむごとなきあたりに参りぬべ

きなめり」と聞こえ給ふ程に、内々《うちうち》に思《おぼ》し設けたりければ、今日明日になりぬ。……(3)

(『栄花物語』「初花」巻)

大意　村上天皇の第七皇子具平親王は、頼通を娘の婿にと願っていた。道長は恐縮し、「男は妻次第で決まるものだ。高貴な女性に通うべきだ」と申し上げたので、縁談は内定、結婚の日取りとなった。

この頼通と隆姫の縁談・結婚の記述は、寛弘六年四月から秋の間にあり、道長の相談事は、この縁談に関するものであったとするのが妥当である。そうした重要な縁談の橋渡し役を道長が期待したということは、紫式部が周囲から少なくとも具平親王家側に近い人物として見なされていた証にほかならない。

具平親王（九六四〜一〇〇九）は村上天皇第七皇子で、「後中書王《のちのちゅうしょおう》」と尊称された教養人である（「中書王」は中務卿の唐名。「前中書王《さきの》」兼明《かねあきら》親王に対して、このように呼ばれた）。その博学多才ぶりは、次のように『栄花物語』において、陰陽道《おんみょうどう》・医学の方面から漢詩・和歌にまで至っていると絶賛されている。

中務の宮の御心用ゐなど、世の常になべてにおはしまさず、いみじう御才賢《ざえ》うおはする余りに、陰陽道も医師《くすし》の方《かた》も、よろづにあさましきまで足らはせ給へり。作文《さくもん》・和歌などの方、世に優れ、めでたうおはします。心憎く、はづかしき事、限りなくおはします。

（『栄花物語』「初花」巻）

〈中務の宮の御心遣いなどは、世間並では何につけてもいらっしゃらず、大層、御学問に秀でておられる余りに、陰陽道も医師の方面も、全てにわたり驚き呆れる程、充分であられる。漢詩や和歌などの方面も大変に優れ、素晴らしくいらっしゃる。奥ゆかしく立派な事は、この上なくおられる。〉

系図5

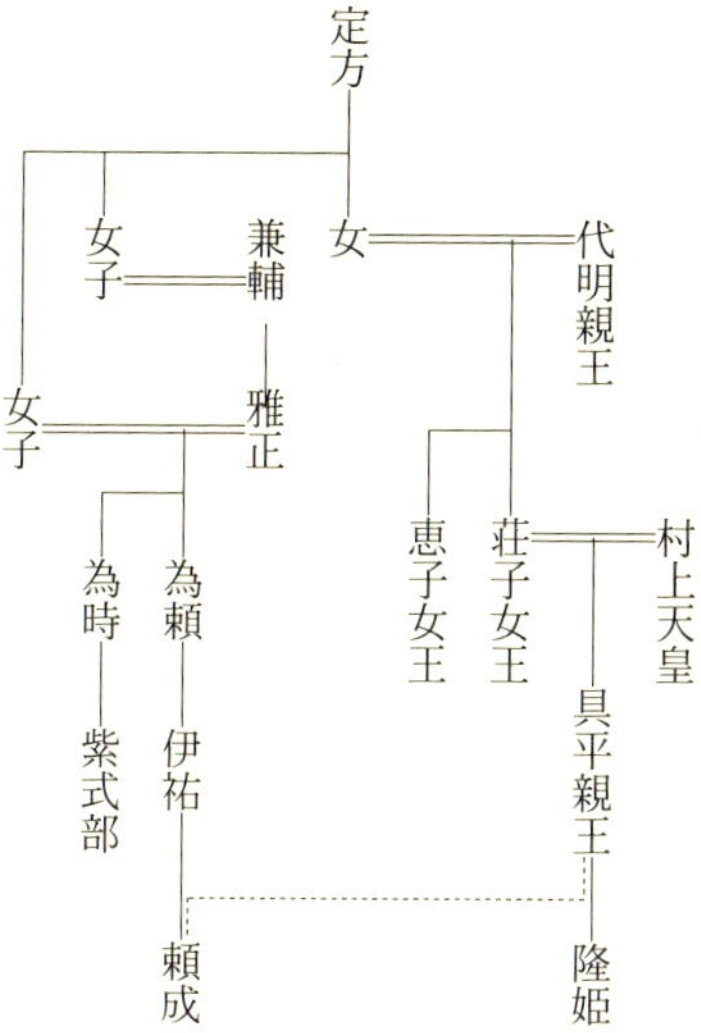

また具平親王は能書家として知られ、管弦の道にも通じており[4]、紫式部にとっても仰ぎ見るべき存在であったろう。為時一家と具平親王家の繋がりは、紫式部の祖母の代に始まる。前章で述べたように『大和物語』によれば、紫式部の祖母の姉である代明親王室没後、その御子たちは母の里邸で養育された（27頁、参照）。具平親王の母荘子《そうし》女王（九三〇〜一〇〇八）も、姉の恵子女王と同じく、為時の母たちに見守られながら、故右大臣定方邸で育ったと思われる[5]。

この定方の流れによる結び付きに支えられ、為頼・為時兄弟は、具平親王を取り巻く風流人士グループの一員であった。為頼と親王の贈答歌が『為頼集』に何首か残されており、為頼の死を悼んだ次の具平親王の歌には、親王の深い嘆きが詠み込まれている。

春頃、為頼、長能《ながよし》など相ともに歌詠み侍りけるに、今日の事をば忘るなと言ひわたりて後、為頼朝臣、身まかりて、又の年の春、長能が許《もと》に遣はしける

中務卿具平親王

いかなれば花の匂ひも変らぬを過ぎにし春の恋しかるらむ

（『後拾遺和歌集』巻第一五雑一）

〈春頃、為頼・長能などと一緒に歌を詠みました折に、「今日の事を忘れないよう

に」と言い続けた後、為頼朝臣が亡くなって、次の年の春、長能のもとにおくった（歌）。

中務卿具平親王

どのような訳で花の美しさも変わらないのに、過ぎ去った春が（こうも）恋しいのであろうか。〉

二人の関係が特に親密な間柄であったのは、具平親王の御落胤《ごらくいん》頼成《よりひら》が為頼の長男伊祐《これすけ》の養子となっていることからも窺われる。

藤原頼成為蔵人所雑色。阿波守伊祐朝臣男、実故中書王御落胤。（『権記《ごんき》』寛弘八年正月の条）

一方、為時も寛和二年（九八六）、具平親王邸の宴遊に列して、次のように自らを「藩邸之旧僕」、すなわち親王邸に出入りする古くからの家来と称している。(6)

去年ノ春、中書大王、花閣ヲ排シテ（＝花の咲き誇る書閣を開いて）詩酒ヲ命ズ。……蓋シ（＝思うに）以テ翰墨ノ庸奴（＝文才のない平凡な男）、藩邸ノ旧僕タルノミ。……

（『本朝麗藻《れいそう》』巻下）

このような主従関係を前提とする両家の結び付きを考慮するならば、道長が紫式部に具平親王家とのパイプ役を期待したのも、当然であろう。しかし、それだけではない。『紫式部集』には、かつて紫式部自身が具平親王家に出入りしていたことを窺わせる歌が収められている。

　八重《やへ》山吹を折りて、ある所に奉れたるに、一重《ひとへ》の花の散り残れるをおこせ給へり
52　折からを一重にめづる花の色は薄きを見つつ薄きとも見ず　（『紫式部集』）

紫式部が八重山吹を贈った「ある所」とは、紫式部側に「奉れたるに」という謙譲表現、詠者側に「おこせ給へり」という尊敬表現が用いられていることから、高貴な方であることが知られる。この高貴な方は、紫式部の八重山吹の花に対して、散り残った一重山吹を贈り、その薄い花の色を「薄きとも見ず」とした。濃くて美しい八重山吹のお返しとして、薄く見栄えのしない、しかも散り残った一重山吹を贈った点、そしてその色の薄さに特殊なこだわりを示している点に、紫式部との間にあった何らかの事情が窺われる。「薄し」の歌語は、一般的に愛情の薄さや衰えを表すから、なおさらである。このいわくありげな歌は、詞書《ことばがき》の「散り残れる」からも知れるように、次の歌を踏まえている。

我が宿の八重山吹は一重だに散り残らなむ春の形見に　（『拾遺和歌集』春、詠み人知らず）

我が宿に咲く八重山吹の花びらが季節の移ろいにより、一枚一枚と散っていく中、せめてその一枚だけでも春の形見として残ってほしい——この歌からは、凋落《ちょうらく》する自家を去り行く者たちへの思いが連想される。その場合、「我が宿」（自家）、「八重山吹」（自家に仕える女房たち）、「一重」（その中の一人の女房）といった主従関係が前提となり、高貴な「ある所」と紫式部がそうした関係であったことを示唆する。こうした主従関係を前提とするような歌を紫式部に贈りえた貴人は誰か。彰子中宮や倫子に対して、あえて「ある所」というぼやかした物言いは不自然であるように思われる。むしろ、紫式部が彰子中宮方に出仕する以前の人間関係と推測され、先の「そなたの心寄せある人」とある『紫式部日記』の記述から具平親王が浮かび上がる。この謎めいた歌は、具平親王家との深い繋がりを断って、紫式部が彰子中宮の後宮へ出仕することに対する親王の了解の歌とするのが自然であろう(7)。

さらに紫式部との直接的な関係を裏づけるのが帚木《ははきぎ》三帖である。特に帚木三帖の最終巻「夕顔」における光源氏と夕顔との悲恋の物語は、『古今著聞集《ここんちょもんじゅう》』「後中書王具平親王雑仕《ざふし》を最愛の事」で紹介されている次の具平親王のエピソードとの関連が認められる。

後中書王（＝具平親王）、雑仕を最愛せさせ給ひて、土御門《つちみかど》の右大臣をば、まうけ給ひけるなり。朝夕これを中に据ゑて、愛し給ふ事、限りなかりけり。月の明かりける夜、件《くだん》の雑仕を具し給ひて、遍照寺へおはしましたりけるに、彼の雑仕、物にとられて失せにけり。中書王、嘆き悲しみ給ふ事、ことわりにも過ぎたり。思ひ余りて、日頃ありつるままに違へず、我が御身と失せにし人との中に、この児《ちご》をおきて見給へる形を、車の物見の裏に、絵に書きて御覧じけり。……いまに、大顔の車とて、かの家に乗り給ひつるは、この故に侍りとぞ申し伝へたる。(8)

（『古今著聞集』巻第一三、四五六段）

月明かりの夜に具平親王が連れ出した雑仕女《ぞうしめ》（雑役に従事する下女）は、物《もの》の怪《け》に襲われて急死し、それを嘆き悲しんだ親王は、遺児と共に親子三人の姿を「大顔」の車と呼ばれた牛車の窓の裏に描いて偲《しの》んだという。「夕顔」巻における怪死事件の着想は、この雑仕女との一件によると見てよかろう。(9) また、「帚木」「空蟬《うつせみ》」巻は堤中納言邸のある「中川のわたり」を舞台に繰り広げられ、光源氏を主家筋と仰ぐ伊予介《いよのすけ》（空蟬の夫）・紀伊守《きのかみ》親子は、具平親王と為頼・為時兄弟の主従的関係を連想させる。このように具平親王は、帚木三帖における光源氏のモデルにふさわしい条件を兼ね備えている。具平親王のスキャンダラスな事件を題材としているのみならず、「帚木」巻冒頭「光源氏、名のみ事々しう……」の宣言に象徴されるように、主人公の身近な人物が語るという形式を物語が採っていることは、紫式部が具平親王家ゆかりの者であることと無縁ではあるまい（第10章、参照）。

ちなみに、具平親王母荘子女王は、麗景殿《れいけいでん》女御と呼ばれた女性である（33頁の『栄花物語』の本文、参照）。「花散里」巻には、ヒロイン花散里の姉として麗景殿女御が登場する。「花散里」巻は、須磨流謫《るたく》の直前、光源氏を取り巻く政治的状況が日に日に悪化し煩悶《はんもん》尽きぬ頃、故桐壺院ゆかりの麗景殿女御の妹三の君（花散里）への訪問を描いた小巻である。この巻は緊迫した前後の巻の内容とは異なり、嵐の前の静けさとも言うべき光源氏の日常のひとこまを映し出しているが、その視線は過去に向けられている。その中でも殊に留意されるのは、物語が展開される「五月雨の空、珍しう晴れたる雲間」という時期と、「中川の程、おはし過ぐるに」という場所の設定である。これは、若き日の空蟬との交渉を語った「帚木」巻を連想させるものとなっている。すなわち、「帚木」巻は「長雨、晴れ間なき頃」で始まり、空蟬との出会いは翌日の「からうじて今日は日の気色も直れり」とある五月雨の晴れ間の日であった。また、空蟬と出会う紀伊守邸も「中川のわたり」であり、共に「花散里」巻と重ね合わされることから、「花散里」巻は具平親王家ゆかりの物語として発想された可能性が考えられる（第10章111頁、参照）。

以上のような具平親王家と為時一家、そして紫式部との密接な関係を踏まえるならば、紫式部は少女期より具平親王家に出入りしていたとしても不思議ではない。『紫式部集』冒頭歌の詞書に記されていた幼友達は、その縁で知り合った仲のよい同僚の一人であったと思われる。二人が久々に再会した場所も、詞書に「行き会ひたる」（たまたま出会った）とあることからして、具平親王家の邸であった確率が高い。

こうした具平親王家との関係は、青春期に至ってもそのまま続き、紫式部は里邸を中心としながらも、具平親王家に出入りする生活を送っていたと想像される。

賀茂に詣でたるに「時鳥《ほととぎす》、鳴かなむ」といふ曙に、片岡の梢《こずゑ》、をかしく見えけり

13 時鳥声待つ程は片岡の杜《もり》の滴《しづく》に立ちや濡れまし

弥生《やよひ》のついたち、河原に出でたるに、傍らなる車に、法師の紙を冠《かうぶり》にて、博士だちたるを、憎みて

14 祓戸《はらへど》の神の飾りの御幣《みてぐら》にうたても紛《まが》ふ耳挟みかな

（『紫式部集』）

〈上賀茂神社に詣でた折に、「ホトトギスが鳴いてほしい」という夜明け時に、片岡の木々の木末が趣深く見えた。

13 ホトトギスの鳴き声を待つ間は、片岡の森の木陰に立って朝露に濡れましょうか。

三月上旬、（賀茂川の）河原に出た折に、近くの牛車に、法師陰陽師が紙の冠をかぶって、陰陽博士めいた格好をしているのを憎らしく思って（詠んだ歌）。

14　祓戸の神（の神前）に飾った御幣に、嫌になるほど似通っている耳に挟んだ紙冠であることよ。〉

右に詠まれている初夏の賀茂神社参拝（13）や三月上旬の賀茂河原での祓え見物（14）も、その同僚たちと出かけた楽しい思い出のひとこまであったろう。次の『紫式部集』2・3番歌からは、そうした外部との交流を保ちながら、基本的につつましく静かな里邸での暮らしが垣間見られる。(10)

その人、遠き所へ行くなりけり。秋の果つる日、来たる暁、虫の声、あはれなり

2　鳴き弱る籬《まがき》（＝柴や竹で粗く編んだ垣）の虫もとめがたき秋の別れや悲しかるらむ

「箏《さう》の琴しばし」と言ひたりける人、「参りて御手より得む」とある返事《かへりごと》に

3　露しげき蓬《よもぎ》が中の虫の音をおぼろけにてや人の尋ねむ

（『紫式部集』）

久々に出会った幼友達は、都を旅立つ別れを告げに、晩秋の九月末日、紫式部のもとに訪ねて来たとある。3番歌では、「箏の琴をしばらく借りたい」と言っていた人が「直接、参上して奏法を習いたい」と手紙で依頼してきたのに対して、紫式部が「蓬の生い茂る我が家に鳴く虫の音のような私の琴を習いに、わざわざ訪ねてくるなんて、酔狂なお方」といった

歌意で答えている。この3番歌から推察して、2番歌の幼友達が訪ねて来た場所も紫式部の里邸であろう。当時の里邸の様子を詠んだ為時の七言律詩「門閑《しづ》カニシテ客ニ謁《まみ》ユルコト無シ」（『本朝麗藻』巻下）には、「家旧《ふる》ク、門閑カニシテ、只《ただ》蓬ヲ長クス……草闕《しきみ》（＝門の入口の横木）ヲ含ミ、秋露生ジテ白シ」とある。紫式部は外出のない普段、友の訪問も稀な、為時一家の失意の時代を反映するような「露しげき蓬」に埋もれた里邸で過ごすことが多かったと推察される。

　このように、箏の琴などをつま弾き、漢籍や物語を紐解いた青春期において、少女期より培われた紫式部の漢籍の素養はさらに磨きがかかり、その読書の幅も歌集・物語の類に及んだことだろう。『紫式部日記』には、そうした趣味・教養に熱中した三昧《ざんまい》の日々を彷彿《ほうふつ》とさせる記述が残されている。

あやしう黒みすすけたる曹司《ざうし》に、箏の琴・和琴《わごん》しらべながら……塵《ちり》つもりて、寄せ立てたりし厨子《づし》と柱との狭間《はざま》に首さし入れつつ、琵琶も左右に立てて侍り。大きなる厨子ひとよろひに、ひまもなく積みて侍るもの、ひとつには古歌《ふるうた》・物語の、えも言はず虫の巣になりにたる、むつかしく這《は》ひ散れば、開けて見る人も侍らず。（『紫式部日記』）

〈みすぼらしく黒ずんだ（自邸の）部屋に、箏の琴・和琴を調律したまま……塵が積もって寄せて立てておいた厨子（＝置き戸棚）と柱との間に、先端部を差し入れたままに琵琶も左右に立て掛けてあります。大きな厨子一対に、びっしりと積んでありますものは、一方（の厨子）には古歌や物語で、言いようもなく虫の棲みかになってしまっていたのが（入っており）、（虫が）気味悪くパラパラと逃げるので、開けて見る者もございません。〉

後年のこととなるが、夫宣孝死去後、里邸の部屋には、塵が積もったまま箏・和琴・琵琶は放置され、ぎっしりと積まれた古歌・物語も紙魚《しみ》の棲《す》みかと化して、開いて見る者もない状態であった。それら紫式部の慣れ親しんだ琴や書籍には、かつて彼女を熱中させた青春期の思い出が封印されている。

5　越前下向以前

読書・管弦三昧の日々、具平親王家への出入りや女友達たちとの交流等による時折の外出――そうした中川の里邸を中心とする基本的に慎ましく静かな紫式部の生活は二十代初期まで続く。この時期において、異性との交流の形跡は唯一、次の謎めいた贈答歌のみである。

方違《かたたが》へに渡りたる人の、なまおぼおぼしき事ありて、帰りにける早朝《つとめて》、朝顔の花をやるとて

4　おぼつかなそれかあらぬか明け暗《ぐ》れの空おぼれする朝顔の花

返し、手を見分かぬにやありけむ

5　いづれぞと色分く程に朝顔の有るか無きかになるぞ侘《わび》しき

（『紫式部集』）

ある男が方違えのため紫式部の里邸に宿泊した折、何か訳のわからない事があって、その男が帰る翌日の早朝、紫式部は朝顔の花に添えてその男のもとに、「気掛かりに存じます。

こちらの方か、あちらの方かと空とぼけする、夜明け時のあなた様の朝のお顔を思い出すにつけても」という歌を送った。それに対して男は、筆跡がわからなかったためか、「(あなたが)どちらの方かと考えておりますうちに、ちょうど朝顔がしぼんで(どこに咲いているのかわからなくなってしまいますように)、わからなくなってしまったのは、何とも切ないことです」と返歌したとある。

傍線部「生朧朧《なまおぼおぼ》しき事(＝真相がつかめない、ぼんやりした事)」とは、紫式部の歌に詠まれている「それか、あらぬか」の事であり、それが具体的には〈私なのか、そうでないのか〉ということであるのは、相手の男からの「いづれぞと色分く程に……」という返歌と、それに対する「手(＝筆跡)を見分かぬにやありけむ」という紫式部の判断から窺われる。方違えのため紫式部のいる邸宅に泊まった男と彼女との間に何があったかは、推測するしかない。しかし、夜明け方、自分なのかそうでないか、はっきりしない「空おぼれする(＝とぼけて知らぬ顔をする)」態度のまま帰っていった男に対して、その真意を確かめるために、時を移すことなく歌を送ったこと、そして男の寝覚め顔「朝顔」を見たという歌の内容からすると、男女関係の有無を詮索したくなるのは当然であろう。紫式部姉妹と同じ部屋にいたところに、たまたま方違えで宿泊した男が、彼女に何か求愛めいた行動をしたのであろう。しかしそれが、もともと紫式部本人と知ってのことであったのか、姉のつもりが誤って紫式部となってしまったか、ついに分からずじまいのまま、男は早朝、邸宅を去っていった。そこで男にその真意を問うべく紫式部が歌を送った——これが事の真相であったと思われる。諸注等の多くは、この男を将来の夫藤原宣孝《のぶたか》、紫式部が自分か否か確かめたかったもう一人の女性を、この時点で健在であった紫式部の姉であろうと推定している。(1) もし宣孝であるならば、この贈答歌は宣孝との記念すべき馴れ初めの歌ということになる。自撰集と思われる『紫式部集』冒頭近くに、この4・5番の贈答歌が置かれた意味も、そうした紫式部の思いが反映されていると考えられる。

それでは、この謎めいた男との印象的な出会いはいつのことであったか。後述するように紫式部の姉は越前下向以前に亡くなっている。宣孝と仮定した場合、宣孝が筑前国から帰京していた長徳元年(九九五)とすれば、紫式部に求婚し始めた時期と近接するが、宣孝が筑前に下向する以前としても不自然ではない。「おぼつかな……」の歌を、乙女らしい潔癖感から、後述するように親子ほど年齢の離れた宣孝に果敢に詠みかけたとするならば、むしろ宣孝の筑前下向以前の正暦《しょうりゃく》元年(九九〇)、紫式部推定十六才時の頃がふさわしい。(2)

方違えに訪れた男とその邸宅にいた姉妹との間に起こったこの出来事——そこからは、「空蟬」巻における、光源氏の方違え先での空蟬と軒端《のきば》の荻《おぎ》との逢瀬が連想される。光源氏は、方違え先の紀伊守《きのかみ》邸で空蟬と契るが(「帚木《ははきぎ》」巻)、それ以後の逢瀬は拒まれ、たまたま同じ部屋に居合わせていた空蟬の継子《ままこ》の軒端の荻と関係を結ぶこととなる。ここに描かれた一風変わった逢瀬は、作者の原体験から着想されたものと考えられる。(3) 空蟬の夫伊予介は、一時的に任国より帰京しているが、宣孝もそうした一時帰京があったとしたならば、あるいは筑前守任期中の出来事であったかもしれない。

ちなみに『紫式部集』4・5番の歌から連想されるのは、それだけではない。朝顔の歌をめぐる謎めいた出来事は、「帚木」巻で唐突に語られる朝顔の姫君との関係をも想起させる。光源氏は〝雨夜《あまよ》の品《しな》定め〟の後、方違え先の紀伊守邸で、偶然、空蝉を取り巻く女房たちが自分の噂話をしているのを立ち聞きする。秘密の通い所が知られていたかと一瞬ドキリとした光源氏ではあったが、その噂話が的外れであったためにホッと胸をなでおろし、その場を引き上げる。その際、女房たちの話題にのぼったのが、光源氏が朝顔に付けて歌を送ったという朝顔の姫君との交流であった。朝顔の姫君についての初出となるこの場面にも、一風変わった男との出会いが反映されていると言えよう(4)。

こうした異性とは淡い交わりの痕跡《こんせき》をとどめる程度の、平穏な青春期の日々と訣別《けつべつ》させる転機をもたらすことになったのは、父為時の越前国下向である。

(長徳二年正月)廿三日甲子、除目始ム。廿四日乙丑、同。廿五日丙寅、同終ル。廿六日丁卯、右大臣(=道長)家ノ大饗。廿八日己巳、右大臣参内シ、俄《にはか》ニ停メ二越前守国盛一ヲ、以テ二淡路守為時一ヲ任ズレ之ニ。

(『日本紀略』)

右に示されているように、長徳二年（九九六）正月の除目《じもく》（国司を任ずる県召《あがためし》の除目）で、為時は一端、下国の淡路守に任ぜられたが、除目が終わった三日後、急遽《きゅうきょ》、道長によって大国の越前守に変更となった。この幸運をもたらしたのは、為時が上申した次の句であったと伝えられている。

苦学ノ寒夜ハ紅涙巾《こうるいきん》ヲ盈《み》タシ　除目ノ春ノ朝《あした》ハ蒼天眼《さうてんまなこ》ニ在リ
〈苦学した寒い夜には、血涙が手巾（＝手ぬぐい）を満たす程であったが、（任に漏れた）除目の春の朝には、青い空が（空しく）目に映るだけである。〉

ここからは、意中の任官に漏れ、除目の翌朝、空しく晴れ渡った青い空を仰いで、呆然《ぼうぜん》と立ち尽くす為時の姿が彷彿《ほうふつ》とされる。『古事談』「藤原為時、書ヲ献ジテ越前守ニ任ゼラルル事」には、次のように、この名句に一条帝が感涙し、それを知った道長が、自らの乳母子《めのとご》である源国盛《くにもり》に決定していた越前守を為時と代えさせたとある。

一条院の御宇（＝御代）源国盛、越前守に任ぜらる。其の時、藤原為時、女房に付して書を献ず。……天皇、之を御覧じて、敢へて御膳に羞《すす》まず。夜の御帳に入り、涕泣して臥《ふ》し給ふ。左相府（＝道長）参入し、其れ此くの如きを知る。忽《たちま》ちに国盛を召して辞書を進ぜしめ、為時を以て越前守に任ぜしむ。……

（『古事談』第一の二六）

当時、越前国では、大挙して訪れた宋人の処遇という外交問題を抱えていた。『日本紀略』長徳元年（九九五）九月六日の条には、

六日己酉、若狭国、唐人七十余人当国ニ到著スト言上ス。越前国ニ移スベキノ由、其ノ定メ有リ。

とあり、右によれば、若狭《わかさ》国に漂着した七十余人の唐人たちの処遇は、越前国に託された。為時も越前国に赴任後、宋人の羌《きょう》世昌と次のような漢詩を作り交わしている。

●六十ノ客徒、意態同ジクシテ　独リ羌氏ヲ推シテ才雄ト作《な》ス　……

（『本朝麗藻』巻下「覲謁《きんえつ》之後、以テレ詩ヲ贈ル二大宋客羌世昌ニ一」）

●……国ヲ去ルコト三年、孤館ノ月……両地、何時ニカ意緒ヲ通ゼン　（同巻下「重ネテ寄ス」）

「桐壺」巻では、桐壺帝が光る君の臣籍降下を決断する決め手となった高麗人《こまうど》の観相《かんそう》の記述の後に、「才《ざえ》かしこき博士」と高麗人が漢詩を作り交わしているが(5)、越前国での為時の活

躍はそれに匹敵するとも言える。淡路守から急遽、越前守となった背景には一方で、文人として評価の高い為時が、そうした宋人との交渉役にふさわしい人物として抜擢《ばってき》された可能性も考えられる。(6)

紫式部は、この父の越前国下向に同行することを決意する。しかし、これに前後して、前述した藤原宣孝からの求婚が本格的なものとなる。下向した翌年の春、在京の宣孝からの求愛に対して、紫式部が詠んだ次のような歌が『紫式部集』に残されている。

年返りて「唐人《からひと》、見に行かむ」と言ひける人（＝宣孝）の、「春は解くるものと、いかで知らせ奉らむ」と言ひたるに

28　春なれど白嶺《しらね》の深雪《みゆき》いや積り解くべき程のいつとなきかな

右の詞書には、「あなたに会うため、唐人（宋人）を見に行こう」と言っていた宣孝が、年が改まって、「春には氷と同じく、あなたの心も解けるものと、なんとかして知らせ申そう」と言ってきたとある。これに対して、紫式部は「春とはなっても越の国の白山の雪は一層積もり、いつ解ける（＝あなたに心を許す）ともわかりません」と答えている。このやり取りから、越前下向以前より、宣孝が求婚していたことが窺われる。

系図6
〈勧修寺流〉

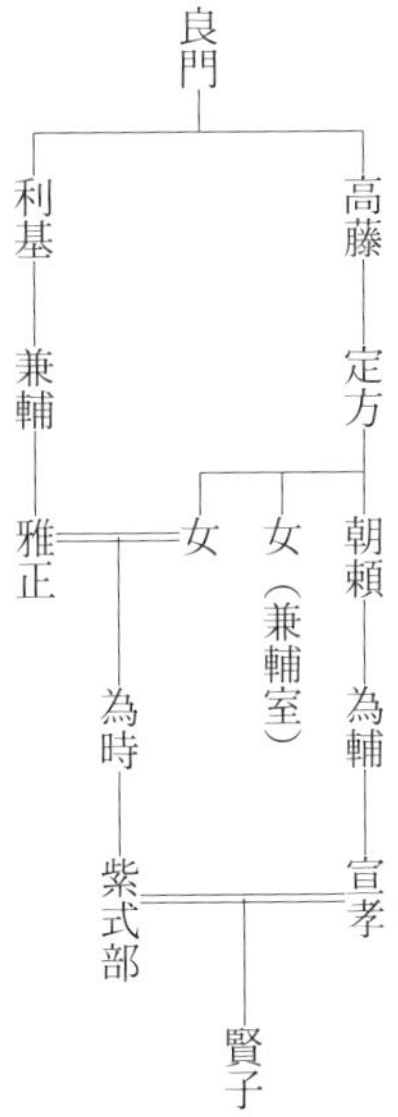

宣孝は、三条右大臣定方の孫である正三位権中納言藤原為輔《ためすけ》の三男で、紫式部とは再従兄《またいと》妹《こ》の関係に当たる。蔵人《くろうど》左衛門尉《じょう》等を経て、正暦元年（九九〇）八月、筑前守に任ぜられている。紫式部への求婚は、この筑前国から帰京したと思われる長徳元年（九九五）、もしくはその翌年の頃からであろう。勧修寺流の生まれである宣孝からすれば、為時とは花山天皇の代に蔵人として同僚であったこともあり、求婚しやすい距離にいたのかもしれない。もっとも前述のように、紫式部とは親子ほどの年齢差があった。宣孝の出生年次は不詳であるが、紫式部出生と推定される二年前の天延元年（九七三）には、宣孝の長男隆光が生まれている（「長保二年蔵人年廿九」とある『枕草子』勘物《かんもつ》による）。また妻子も多く、紫式部が宣孝との結婚

に躊躇《ちゅうちょ》したのは当然だったろう。
越前下向は、親しい女友達との別れでもあった。『紫式部集』4・5番に続く6・7番には、次のような筑紫ゆかりの女性との贈答歌が載せられている。

筑紫へ行《ゆ》く人の女《むすめ》の

6　西の海を思ひやりつつ月見ればただに泣かるる頃にもあるかな

返し

7　西へ行く月の便りにたまづさのかき絶えめやは雲の通ひ路《ぢ》

九州の地への父親の任官が決まり、一緒にその地に赴くことになった女性の嘆きの歌と、その紫式部の返歌である。相手の女性は、これから行かねばならない遠い西の海を思いやっては、ただ涙に暮れる毎日であることを訴え、紫式部は手紙を絶えず書くからと、その悲しみを慰めようとしている。二人のやり取りは続く。

姉なりし人、亡くなり、また、人の妹《おとと》、失ひたるが、かたみに（＝互いに）行き会ひて、「亡きが代はりに思ひ交はさむ」と言ひけり。文の上に、姉君と書き、中の君と書き通はしけるが、おのがじし（＝それぞれ）遠き所へ行き別るるに、

よそながら別れ惜しみて

15　北へ行く雁《かり》の翼に言伝《ことづて》よ雲の上書《うはがき》書き絶えずして

返しは、西の海の人なり

16　行きめぐり誰も都にかへる山いつはたと聞く程の遥けさ

津の国と言ふ所より、おこせたりける

17　難波潟《なにはがた》群れたる鳥のもろともに立ち居るものと思はましかば

返し

（この返歌は諸伝本、いずれも欠落し、今日には伝わっていない）

筑紫に肥前《ひぜん》と言ふ所より、文おこせたるを、いと遥かなる所にて見けり。その返りごとに

18　あひ見むと思ふ心は松浦《まつら》なる鏡の神や空に見るらむ

返し、またの年、もて来たり

19　行きめぐり逢ふを松浦の鏡には誰をかけつつ祈るとか知る

筑紫に旅立っていった人は、紫式部が姉亡き後、姉と慕った女性で、その女性も妹を亡くし、紫式部を妹のように思い、互いに手紙の中にも「姉君」「中の君」と呼び合う間柄であった。右の一連の贈答歌は、「姉君」が西国下向、紫式部も越前下向が決まって、それぞれ都

鹿蒜神社（福井県南条郡今庄町）

を離れることとなった時や旅の途中、そして到着後において交わした歌である。紫式部は九州に下る彼女に便りを絶やさぬように頼み（15）、その返歌は越前国府に至る手前の歌枕「鹿蒜《かへる》山」「五幡《いつはた》」を詠み込んで、互いの距離の隔たりを思い、都で再会する日がいつのことになるやらと嘆いている（16）。そして難波に群れている鳥を見ては、離れ離れになった自分たちの境遇を改めて思う（17）。さらに二人の文通は続く。九州の肥前国からの便りを越前国で受け取った紫式部は、肥前国松浦（現在の佐賀県唐津市）にある鏡神社に事寄せて、越前の空を眺めては遥か遠くの友を思いやる心情を告げ（18）、「姉君」はその鏡神社に二人の再会を祈願して止まないと返歌している（19）。

紫式部の姉が亡くなった時期は不明であるが、越前下向の年とすると、二人の交流は、互いに離京という心の準備をする中での慌ただしい時期になされたことになる。それでは15番の詞書に記されているような、互いに訪問し合い、手紙で「姉君」「中の君」と書き交わすまでの間柄になるには、やや心理的余裕に欠けるように思われる。おそらく越前下向の年である長徳二年には既に姉は死去しており、したがって例の宣孝の方違えの一件も、それ以前と見なすのが自然だろう。この一件には、生前の姉も関わっていた。宣孝との馴れ初めを伝える4・5番の贈答歌は、また亡き姉との忘れ得ぬ思い出でもあったのである。この姉の死去が紫式部にいかに大きな衝撃を与えたかは想像に難くない。母の面影を知らずにして育った紫式部にとって、常に身近な姉の存在は大きな精神的支柱であったはずである。宇治十帖のヒロインである大君・中の君姉妹の仲むつまじい間柄には、その影響が色濃く感じられる。大君亡き後の中の君の悲嘆は、そのまま紫式部の悲しみと重ね合わせられよう。そうした癒《いや》し難い喪失感を、偶然ながら同じく姉妹を亡くした筑紫ゆかりの女友達との交流の深まりを通して、かろうじて和らげていたに違いない。

しかし、この姉と慕った無二の親友との交友の結末は、悲しいものであった。

遠き所へ行きにし人の亡くなりにけるを、親、はらからなど帰り来て、悲しき事、言ひたるに

鏡神社（佐賀県唐津市）

39　いづかたの雲路と聞かば尋ねまし列《つら》
離れけむ雁が行方を

紫式部が一足先に帰京した後のこと、ようやく肥前国での友の父親の任期が終わり、その一家は帰京する。だが、待ち望んでいた彼女はそこにはいなかった。「親、はらからなど帰り来て、悲しき事、言ひたるに」とあるから、おそらく親か兄弟かが帰京早々、何か友の遺品を渡すべく、紫式部のもとを訪れたのではなかろうか。もしくは紫式部が亡き友をしのぶべく、矢も楯もたまらず、彼女の里邸を訪れたのであろう。そこで耳にした「悲しき事」――それは憶測するしかないが、死ぬ間際まで紫式部のことを口にしていたといった、胸を打つ内容であったに違いない。紫式部との再会を何より楽しみにしつつ、はかなく旅路で死んでいったこの女友達。紫式部はその無念さを「いづかたの……」の歌に込めた。かつて西の筑紫の方角の空をながめては再会を夢見た彼女は、その遠い西国の果てよりもなお遠い、紫式部にとって手の届かぬ所に旅立って行ったのである。

この二人の熱い友情の痕跡《こんせき》は『源氏物語』にも残されている。玉鬘《たまかずら》は母夕顔亡き後、幼い頃、乳母《めのと》に伴われて筑紫へ下り、美しい女君に成長するが、移り住んだその地は女友達が没したかの肥前国である。先の女友達との最後の贈答歌（18・19）にその名が見える肥前国松浦の鏡神社は、玉鬘の噂を聞き付けて肥後国の豪族大夫《たいふ》の監《げん》が強引に求婚する際、乳母と交わした次の贈答歌に詠み込まれている。

●君にもし心違《たが》はば松浦なる鏡の神をかけて誓はむ（大夫の監）
●年を経て祈る心の違ひなば鏡の神をつらしとや見む（玉鬘の乳母）
（「玉鬘」巻）

また、玉鬘一行の帰京に伴う乳母子《めのとご》姉妹の別れの場面は、女友達との悲しい結末と重ね合わされるものがある。

姉おもとは、類多くて、え出で立たず。かたみに別れ惜しみて、あひ見む事の難きを思ふに、年へぬる古里とて、殊に見捨て難き事もなし。ただ、松浦の宮の御前の渚と、かの姉おもとの別るるをなむ、かへり見せられて、悲しかりける。

　浮島を漕《こ》ぎ離れても行く方やいづこ泊りと知らずもあるかな

　行く先も見えぬ波路に船出して風に任する身こそ浮きたれ　（同巻）

姉おもとは係累が多くなって帰京できず、姉妹は互いに別れを惜しむ。再び会いまみえることの困難さを思うと、妹は長年過ごしてきたこの地を去ることには何ら感慨はないものの、傍線部「松浦の宮（＝鏡神社）の御前《おまへ》の渚《なぎさ》」と姉との別れが、つい顧みざるをえないほど悲しく思われたとある。

こうした玉鬘の筑紫下向関連以外にも、登場こそ少ないが、光源氏の若き日に出会った筑紫の五節は、その名の通り、筑紫ゆかりの女性であり、須磨流謫《るたく》の折には、筑紫からの船旅の帰途、光源氏と贈答歌を交わしている（第10章の註9、参照）。紫式部の筑紫に対する特別な愛着は、玉鬘十帖の着想、そして若き光源氏ゆかりの女君筑紫《つくし》の五節《ごせち》の登場に大きく影響を与えているのである（第10章110頁、第15章168頁、参照）[7]。

6　越前下向

長徳二年（九九六）の夏、紫式部は父為時に伴われて越前国府武生《たけふ》に下向した。[1] 為時一行は、京の粟田口《あわたぐち》から逢坂《おうさか》山を越え、その日のうちに近江国大津の打出《うちいで》の浜に到着、宿泊後、大津より三〇キロ程、船で琵琶湖西岸沿いに北上して、三尾《みお》ケ崎の勝野津《かつのつ》（滋賀県高島郡高島町勝野）で停泊したと思われる。そこで眺めた漁民たちがせわしく網を引く湖畔の風景を、紫式部は遠く成り行く都への郷愁の念を込めて、次のように詠んでいる。

近江の湖にて、三尾が崎といふ所に、網引くを見て

20　三尾の海に網引く民の手間もなく立ち居につけて都恋しも　（『紫式部集』、以下同）

この三尾ケ崎から一行は、湖北最大の港の塩津浜《しおつはま》（滋賀県伊香郡西浅井町）に向かった。その途上だったろうか、船上、夏の夕立に遭《あ》いそうになり、紫式部は船旅の危険も体験している。

紫式部千年祭　於 滋賀県西浅井町塩津浜

夕立しぬべしとて、空の曇りて、
ひらめくに（＝稲光りするので）

22　かき曇り夕立つ波の荒ければ浮きたる
舟ぞ静《しづ》心なき

夕立の気配に空は一面、暗雲に覆われ、稲妻がひらめく中、船は荒々しい波に揺らされ、これからの長旅の不安を一層かき立てられたことであろう。塩津浜上陸後は陸路となる。塩津浜に宿泊した一行は、陸路の最初の難所である塩津山を越えて行った。

塩津山といふ道のいと繁きを、賤《しづ》
の男《を》の、あやしきさまどもして、
「なほ、からき道なりや」といふ
を聞きて

23　知りぬらむ往来《ゆきき》に慣らす塩津山世に経る道はからきものぞと

夏の塩津山越えの厳しさは、山越えを生活の糧にして何度も往復している者たちも、つい愚痴をこぼしてしまう程であった。輿《こし》かきの男たちは、生い茂っている草木に狭められた山道を汗水を垂らしながら、かき分け進み、「やはり、きつい道（「からき道」）だわい」と口にした。それを耳にして紫式部は、すかさず「わかったでしょう。通い慣れた塩津山も、世渡りの道となると、つらいもの（「からき道」）だと」と詠んでいる。

近江と越前の国境となる塩津峠（深坂峠《ふかさか》）の先には、越前国の重要な拠点敦賀がある。塩津より五里半の距離である。敦賀には気比神宮や、かの宋人が滞在した松原客館があり、一行は旅の疲れを癒すことも兼ねて二・三日、滞在したかもしれない。そして、いよいよ武生への最後の旅に向かった。筑紫ゆかりの女友達の先の贈答歌（『紫式部集』16）に詠み込まれていた敦賀湾の東浦にある景勝地「五幡《いつばた》」と、その東方の木の芽《きめ》峠（六二八メートル）一帯の「鹿蒜山《かへるやま》」はその往路、もしくは周辺であり、一行は木の芽峠北側の麓の鹿蒜郷で最後の宿泊をしたと思われる。鹿蒜郷の先には、湯尾《ゆのお》峠（二〇〇メートル）があり、ここで国の官人たちが新国司を迎える境迎《さかむか》えの儀式が行われたことであろう。湯尾峠を越えれば後は、なだらかな道である。

かくして最短でも五泊（大津・三尾ケ崎・塩津・敦賀・鹿蒜）を要し、おそらくは一週間はか

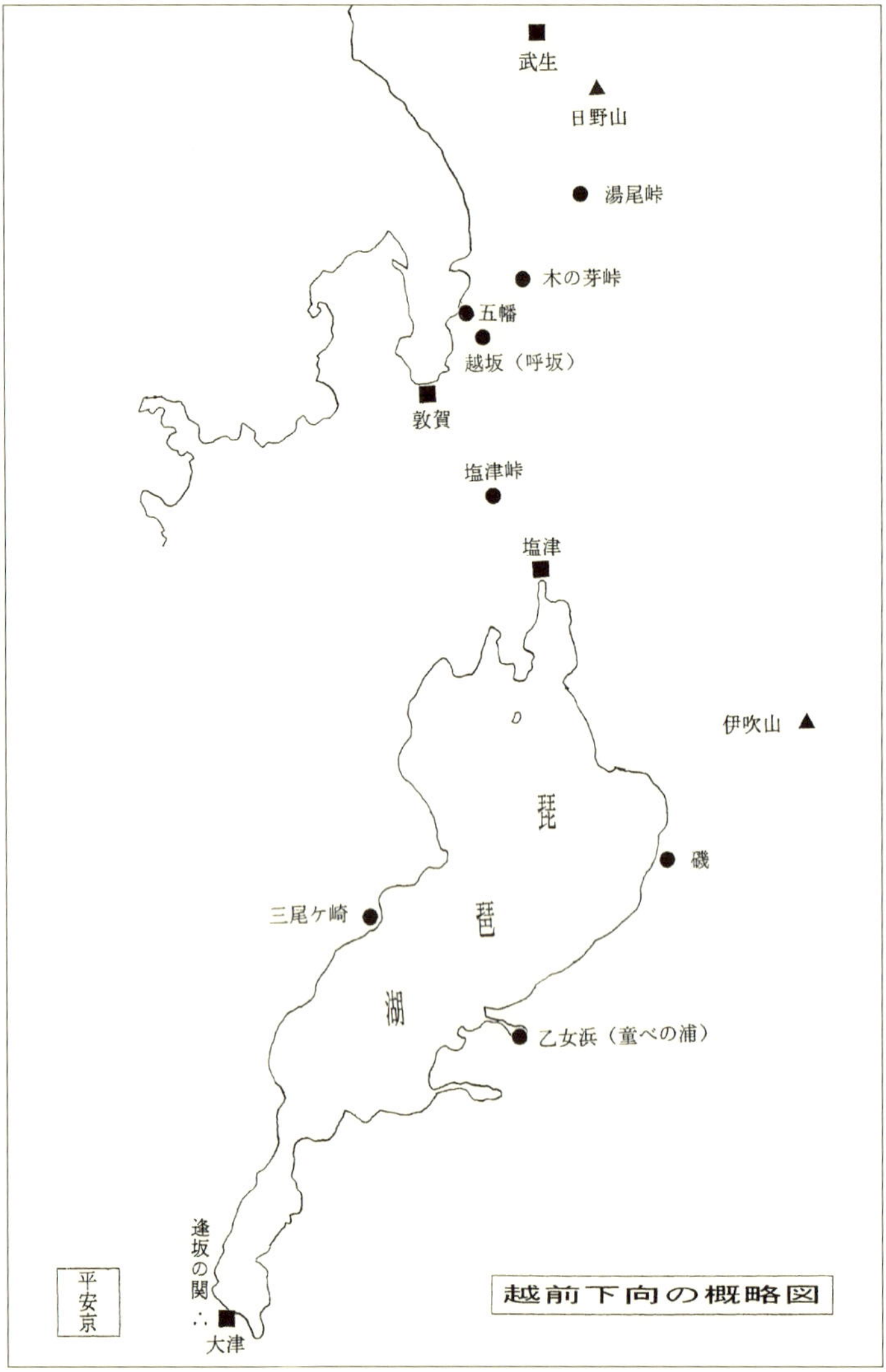
武生
日野山
湯尾峠
木の芽峠
五幡
越坂（呼坂）
敦賀
塩津峠
塩津
伊吹山
琵
琶
湖
磯
三尾ケ崎
乙女浜（童べの浦）
逢坂の関
大津
平安京
越前下向の概略図

日野山（福井県武生市の大塩八幡宮付近より撮影）

けた越前下向の旅を終え、一行は無事、「浮舟」巻にもその名の見える「武生の国《こ》府《ふ》」に到着した。(2) しかし紫式部にとって、越前国での地方暮らしは耐え難いものだったようである。当地で詠んだ次の贈答歌には、そうした彼女の心情の一端が窺われる。

暦に、初雪降ると書きたる日、目に近き日野岳《ひのたけ》といふ山の、雪いと深う見やらるれば

25　ここにかく日野の杉むら埋《うづ》む雪小塩《をしほ》の松に今日や紛へる

返し

26　小塩山松の上葉《うはば》に今日やさは峰の薄雪《うすゆき》花と見ゆらむ

下向した年の初冬、暦に「初雪降ル」と

書いてある日に、紫式部は間近に見える武生を代表する日野山（七九五メートル）を眺め、その杉木立を埋め尽くしている雪に目を留めた。そして洛西、大原野神社の背後にそびえる小塩山（六四一メートル）の松に散り乱れる雪に思いを馳せ、都を懐かしんでいる(25)。日野山の麓《ふもと》には日野川が流れ、その対岸側には大塩八幡宮が鎮座している。日野山から小塩山への連想は、大塩の地名ゆえであろう(3)。この紫式部の歌を受けて、「小塩山の松の上葉に今日は御言葉通り、薄雪が降って、花のように見えていることでしょう」と美しく返歌しているのは、侍女であろうか。紫式部の周囲には、このように和歌を詠み交わせる者もいたものの、殊に北国の豪雪は彼女の心に重くのしかかり、部屋に閉じこもりがちな日々となっていった。

降り積みて、いとむつかしき雪を、かき捨てて、山のやうにしなしたるに、人々、
登りて、「なほ、これ出でて見給へ」と言へば

27　ふるさとに帰る山路のそれならば心やゆくと雪も見てまし

邸の庭に高く降り積もった雪を捨てて、雪山にした際、侍女たちが紫式部を気遣い、「やはり、この雪山を出て来てご覧なさいませ」と声を掛けたときも、「都に帰る途上の鹿蒜山の雪山ならば、気が晴れて見ましょうものを」と詠んでいる。

在京時においては、自邸に積み上げられている豊富な書籍の中から、気の向くまま手に取っ

て読書三昧できる環境にあった。また気の合った女友達たちとの時折の交流を通じて、新しい物語も読めたはずである。そうした紫式部の長年、慣れ親しんだ生活形態が一変して、文化的刺激・情報がほとんど遮断され、外出もままならぬ環境に置かれたのであるから、その苦痛たるや推して知るべしである。状況は違うが、『更級日記』の作者菅原孝標女が、地方生活の時期、『源氏物語』に恋い焦がれた心境の背景にあったであろう、文系少女の知的渇望感を想起されたい。当然ながら紫式部にしても、ある程度こうした状況を予想して、物理的に許される範囲内で、いくらかの書籍は下向時に持ち運んだかも知れないが、それも豪雪の冬を迎える以前に読み切ってしまっていたことであろう。

結局、紫式部は二度目の冬を越すことなく、下向した翌年（長徳三年）の晩秋、父為時の任期が終わるのを待たずして帰京することになる。帰京が翌々年の春でないのは、敦賀に向かう途中の木の葉の茂り具合や伊吹山の降雪から窺われる（次頁の『紫式部集』81・82、参照）(4)。その決断を促した直接的な要因として、あるいは京より父方の祖母の訃報《ふほう》がもたらされるという出来事があったかもしれない。祖母は高齢のため、幼少より成長を見守ってきた孫の紫式部が離京する際においても、息子為頼に代詠させねばならぬ程、体力は衰えていた（第3章25頁、参照）。この祖母の訃報により一時帰京の必要性が生まれ、紫式部はその機会を利用して、そのまま都にとどまることになった可能性も考えられる。

待望の帰京の旅も、往路同様、険しい難所を越えて行かねばならない。

都の方《かた》へとて、鹿蒜山越えけるに、呼坂《よびさか》といふなる所の、わりなき懸け路《ぢ》に、輿《こし》もかきわづらふを、恐ろしと思ふに、猿の、木の葉の中より、いと多く出で来たれば

81　猿《まし》もなほ遠方人《をちかたびと》の声交はせわれ越しわぶるたごの呼坂

帰京への道の最初の難所とも言うべき鹿蒜山を越えて、敦賀へと向かう途中にある「呼坂」（敦賀市越坂《おっさか》）に差しかかったときのことである。その急勾配の岩間の険しい道に輿もなかなか進まず、揺れて「恐ろしい」と思っていた折、木の葉の茂みから突如、猿の群れが現れた。輿の中から見たこの一風変わった体験に、紫式部は「猿よ、お前もやはり、（呼坂というくらいだから）離れたそちら側から、声をかけて励ましておくれ。私も難渋している、たごの呼坂を越えるように」と詠んでいる。

このようにして、再び敦賀・塩津峠を通り、琵琶湖の北岸の塩津浜に至った後、西岸沿いを北上した往路に対して、復路は東岸沿いを船で南下していった。

湖にて、伊吹の山の雪、いと白く見ゆるを

82　名に高き越《こし》の白山《しらやま》ゆき馴れて伊吹の岳を何とこそ見ね

また、磯《いそ》の浜に、鶴の声々鳴くを

21　磯がくれ同じ心に鶴《たづ》ぞ鳴く汝《な》が思ひ出づる人や誰ぞも

湖に、老津島《おいつしま》といふ洲崎《すさき》に向かひて、童《わらは》べの浦といふ入海《いりうみ》のをかしきを、口ずさびに

24　老津島島守る神や諌《いさ》むらむ波も騒がぬ童べの浦

竹生島を通過したあたりか、紫式部は船上より伊吹山（一三七七メートル）の白雪を眺め、かの名高い加賀の白山《はくさん》（二七〇二メートル）に比べれば、どれ程のこともないとして、武生で一冬越した自信の程をのぞかせ（82）、湖東の「磯の浜」（滋賀県米原町磯）で、鶴の鳴く声を聞いては、近づきつつある都への思いを募らせた（21）。そして「童べの浦」（滋賀県神崎郡能登川町乙女浜、現在、干拓地化）に至り、旅路の終盤を迎えた安堵《あんど》感の中で、「老津島」（近江八幡市北津田町）を眼前とする、その波静かな入り江の景勝を愛《め》でている（24）。また、地名は不明ながら帰京の途上、道端の苔《こけ》むした古い卒塔婆《そとば》が、転び倒れたままに踏まれているのに目を留めて詠んだ次の歌には、帰京の喜びから生まれた心の余裕、仏への感謝の念が窺われる。

卒塔婆の年経たるが、転び倒《たふ》れつつ、人に踏まるるを

滋賀県米原町磯（磯崎神社付近）

83　心あてにあなかたじけな苔むせる仏の御顔《みかほ》そとは見えねど

〈石塔の年数が経ったのが、転び倒れたまま、人に踏まれるのを（見て、詠んだ歌）。

83　当て推量ながら（卒塔婆と思うと）もったいないことです。苔むしている仏のお顔は、そうとは見えませんけれど（「そとは」に「卒塔婆」を掛ける）。〉

打出の浜で下船し、逢坂山を越えれば、山城国である。紫式部にとって約一年半ぶりの都は、何もかも懐かしく、そして目新しく見えたことであろう。初めての地方生活から、再びかつての感覚を取り戻すのに、しばらくかかったかもしれない。しかし、そうした感慨に耽りながらも、紫式部の置かれた状況は下向以前と全く同じではなかった。もとより、彼女が越前下向を決断するに際しては、年齢的に避けられない結婚という人生の選択からの当面の回避という思惑もあったに相違ない。越前下向は結局、その結婚問題を先送りにしたに過ぎない。時の経過はかつてより深刻さを増して、次第に重く紫式部にのしかかっていったはずである。そしてそれと同時に、一人の男性の存在が大きくなっていった。下向以前より求婚していた宣孝その人である。

7　結婚

紫式部の帰京によって、宣孝との結婚は現実味を帯びたものとなる。しかし帰京が、そのまま彼との結婚を意味することにはならなかった。宣孝の多情な性格は紫式部に警戒心を起こさせ、容易に結婚に踏み切ることができなかったようである。

近江守の女《むすめ》、懸想《けさう》ずと聞く人の、「二心《ふたごころ》なし」など、常に言ひわたりければ、うるさくて

29　湖に友呼ぶ千鳥ことならば八十《やそ》の湊《みなと》に声絶えなせそ　（『紫式部集』、以下同）

いつも「あなた以外に浮気心はない」と言い続けていた宣孝であったが、近江守の娘に執心しているとの噂を耳にした紫式部は、その求愛が煩わしくなって「湖で友を呼ぶ千鳥よ、いっそのこと、誰にも声をかけてみたらいかが」と、その多情性を皮肉った歌を送っている。

一方、宣孝はそうした紫式部の反応を意に介する様子もなく情熱的に求婚し続けた。

30 歌絵に、海人《あま》の塩焼く図《かた》を書きて、樵《こ》り積みたる投木《なげき》のもとに書きて、返しやる

四方《よも》の海に塩焼く海人の心からやくとはかかるなげきをや積む

31 文の上に、朱といふ物を、つぶつぶとそそきかけて、「涙の色を」と書きたる人の返り言に

紅《くれなゐ》の涙ぞいとど疎まるる移る心の色に見ゆれば

もとより人のむすめを得たる人なりけり

宣孝はある時は、歌絵に海人が塩を焼いている図を描いて、身を焼く程の恋情であると訴え（30の詞書）、また、ある時は手紙の上に紅をポトポトと落として、「（私の）血涙の色を（ご覧ください）」と書き（31の詞書）、奇抜な趣向を凝らして紫式部の気を引こうとしている。これに対する紫式部の返歌もおもしろい。海人の塩焼きの図には「投げ木（＝積み上げた薪《たきぎ》）」に書き添え、「誰彼かまわず言い寄るあなたは、ご自分から、こんな嘆き（投げ木）を重ねているのでしょうか」と切り返した。そして紅を使った手紙には「朱色の涙で一層、疎ましく思われます。移り気な色と見えますので」と返歌している。宣孝にしても、自らの才能を駆使した趣向を見事に切り返す紫式部の才気に、一層夢中になっていったことであろう。

このように情熱的に言い寄る宣孝の態度、そして何より、下向以前より求愛し続け、越前

下向時にも心変わりのない気長な誠意ある態度に、紫式部は次第に心を開いていったと思われる。31番歌の左注「もとより人のむすめを得たる人なりけり」とあるように、宣孝には下《しも》総《うさ》守藤原顕猷《あきみち》女・讃岐《さぬき》守平季明《すえあきら》女・中納言藤原朝成《ともなり》女と最低、三人の妻の存在が確認されている。息子も紫式部より二才年長の長男隆光（母顕猷女）を始めとして、頼宣《よりのぶ》（母季明女）・儀明《のりあき》・隆佐《たかすけ》（母朝成女）・明懐《あきちか》（同）と五人はいた。宣孝の求愛に応じたとしても、確固たる正妻の座を望めるはずもなく、これらの妻の一人に加えられるに過ぎない。しかし紫式部本人も結婚適齢期はとうに過ぎ、帰京の翌年では二十代前半も終わりに近づこうとしていたのも事実である。宇治十帖には、大君・中の君を未婚のまま宇治の地で埋もらせる父八の宮の苦悩が語られた後、「姉君二十五、中の君二十三にぞなり給ひける」（「椎本」巻）とある。

紫式部と宣孝の二人の距離が縮まっていったことは、次の歌から窺われる。

人の

84　気近くて誰も心は見えにけむことは隔てぬ契りともがな

返し

85　隔てじと慣らひし程に夏衣薄き心をまづ知られぬる

86　峰寒み岩間氷れる谷水の行末しもぞ深くなるらむ

宣孝からの「いっそのこと、隔てのない仲になりたいものです」との呼びかけ（84）に対して、紫式部は「あなたの誠意のなさは何よりも先にわかりました」と受け流しながらも、「隔てじと慣らひし程に」とあるように、距離を置くことなく慣れ親しんできたことを認めている（85）。そしてこうした紫式部の好意的反応を見て取って、宣孝も近い将来の結婚を確信している（86）。これらの歌が詠まれたのは、「夏衣」「峰寒み」とあるから、それぞれ紫式部が帰京した翌年の夏と冬のことであったろう。

宣孝との結婚は、右の「峰寒み……」歌が詠まれてから程ない頃、すなわち越前国からの帰京後、丸一年は経過した長徳四年（九九八）末近い頃と推定される。次の一連の歌からは、長保《ちょうほう》元年（九九九）正月上旬には既に結婚していた事実が読み取られるからである。

文散らしけりと聞きて、「ありし文ども、取り集めて、おこせずは、返り言、書かじ」と、言葉にてのみ言ひやりければ、「みな、おこす」とて、いみじく怨じたりければ、正月十日ばかりのことなりけり

32　閉ぢたりし上の薄氷《うすらひ》解けながらさは絶えねとや山の下水《したみづ》

すかされて、いと暗うなりたるに、おこせたる

33　東風《こちかぜ》に解くるばかりを底見ゆる石間《いしま》の水は絶えば絶えなむ

「今は、ものも聞こえじ」と、腹立ちたれば、笑ひて、返し

34　言ひ絶えばさこそは絶えめ何かそのみはらの池をつつみしもせむ
　　夜中ばかりに、また
35　猛《たけ》からぬ人数なみはわきかへりみはらの池に立てどかひなし

紫式部は既に才女として評判が高かったであろう。その紫式部をついに、くどき落とした誇らしさからか、詞書にあるように宣孝は彼女からの手紙を他人に見せ、そのことが本人の耳にも達した。見せた相手は、あるいは宣孝の妻たちだったかもしれない。この宣孝の行為に対して、紫式部は猛然と抗議に出る。「これまでの手紙を集めて送り返してこないならば、返事は書きますまい」と手紙も付けずに使いの者に言わせてやったところ、宣孝は「すべて返す」とひどく恨み言を言ってきた。この予想以上の反応の激しさに驚いたのか、紫式部は一転して、なだめる側に立つ。「せっかく打ち解けた仲となりましたのに、このまま関係は断えてしまえとお思いでしょうか」(32)――この下手に出た態度が一応、功を奏して、大層暗くなってからではあるが、「やっと打ち解けた程度の仲でしたなら、いっそ絶交するならそれでよかろう」といった返歌(33)を紫式部は手にした。まだ宣孝の怒りは収まらなかったのであろう、「もう手紙も差し上げますまい」と腹を立てていたので、紫式部の方は笑って「絶交するというのなら、それでも結構です。どうして遠慮など致しましょうか」(34)と言い放っている。この歌に対して宣孝は、夜中頃に再び「私がいくら腹を立てたところで、お前にあっては仕方のないことだ」(35)と、最後は紫式部に降参した形で終わったとある。これらの歌に詠まれている「解けながら」「絶えね」「絶えば絶えなむ」等の言葉からして、この激しいやりとりは結婚後のことであり、おそらく新婚早々、最初の夫婦喧嘩だったと思われる。

それにしても、この一連の歌からは親子程離れた年齢差は感じられない。むしろ年下の紫式部の方が、なだめ役に回り、「笑ひて」とあるように、最後は宣孝を見切って、その怒りを余裕で交わした観がある。事の発端が私的な恋文を他人の目に晒《さら》すという本来、宣孝の側に非があったことを考慮するならば、なおさらである。これは宣孝に対する聡明な紫式部の操縦術もさることながら、何より夫の愛情を確信していたからこそ可能だったろう。また、ある意味でこうした本音の部分でやり取りのできる宣孝に対する信頼があったからにほかならない。『枕草子』には、宣孝の人となりが端的に知られる有名なエピソードが紹介されている。

あはれなるもの。孝ある人の子。よき男の若きが御嶽精進《みたけさうじ》したる。……衛門の佐《すけ》宣孝と言ひける人は、「あぢきなき事なり。ただ清き衣を着て詣でむに、なでふ事かあらむ。必ず、よも、『あやしうて詣でよ』と、御嶽さらに宣《のたま》はじ」とて、三月、紫のいと濃き指貫《さしぬき》、白き襖《あを》、山吹のいみじう、おどろおどろしきなど着て、隆光が主殿《とのも》の助《すけ》には、青色の襖、紅《くれなゐ》の衣、摺《す》りもどろかしたる水干《すいかん》と言ふ袴《はかま》を着せて、うち続き詣でたりけるを、帰る人も今詣づるも、珍しうあやしき事に、「すべて昔より、この山に、かかる姿の人、見えざりつ」と、あさましがりしを、四月ついたちに帰りて、六月十日の程に、筑前の守の辞せしに、なりたりしこそ、「げに言ひたりけるに違はずも」と聞こえしか。これは、あはれなる事にはあらねど、御嶽のついでなり。

（『枕草子』一一九段）

かの紫式部との謎めいた出会いがあった頃か、正暦《しょうりゃく》元年（九九〇）三月、宣孝は吉野の御嶽精進に詣でた。その際、清浄な衣で詣でる慣例を、「つまらない事だ。粗末な身なりで詣でよと御獄権現《ごんげん》も決しておっしゃるまい」として、仰々しい鮮やかな出で立ちで、そして息子の隆光や供人たちにも人目を引く派手な衣装を着せて参詣した。古今例のないこの宣孝の行動に、それを見た人たちはあきれかえったが、参詣後、程なく筑前守に任ぜられたことから、「なるほど彼の言葉に間違いなかった」と評判になったという。こうした従来の慣習にとらわれない豪放磊落《らいらく》な宣孝の性格の一端は、紅をポトポトと落として血涙に見立てた、先の紫式部への情熱的かつ奇抜な求愛の仕方（『紫式部集』31の詞書）からも窺われたところである。もっとも、彼の場合、そうした物事にこだわらない大胆さは、時折、失敗を招いていたようだ。御嶽詣での六年前の永観二年（九八四）十一月、賀茂臨時祭の際、馬を引く役目を忘れ、召問される（『小右記《しょうゆうき》』）といった不祥事を起こし、翌年の寛和元年にも、大和国の丹生《にぶ》社に祈雨の勅使として参詣する途中、理由は不明ながら土地の者から狼藉《ろうぜき》を受けている（同）。これらの出来事は、良家のお坊っちゃん的な粗忽《そこつ》さが災いしたのであろう。また、その反面、『西宮記《せいきゅうき》』等から、天元五年（九八二）頃から没年の長保三年（一〇〇一）頃まで、二十年に及ぶ日記の存在も確認され、彼が有職故実《ゆうそくこじつ》に通ずる緻密さも持ち合わせていたことが知られる。大胆さと緻密さの両面を合わせ持ち、時折、粗忽さを垣間見させる――紫式部はそうした宣孝に好意と親近感を覚えていたのかもしれない。新婚早々の夫婦喧嘩《げんか》の一件で宣孝をやり込めたのも、年齢にそぐわない子供っぽい彼の本質を見抜いていた、もしくはそのように映っていたからであろう。

宣孝は風貌《ふうぼう》も優れていたらしい。賀茂臨時祭の調楽（試楽）で人長《にんじょう》（神楽《かぐら》の楽人の長）を勤めた際、三蹟《さんせき》（平安中期の三人の能書家。他に小野道風・藤原佐理）の一人であるかの藤原行成《こうぜい》から「甚妙也（＝大層、見事である）」と評されている（『権記《ごんき》』長保元年十一月十一日の条）。神楽の指揮を執って舞う人長は『枕草子』に「心地よげなるもの」として挙げられており、宣孝はこの晴れがましい役を見事に勤められる力量の持ち主だったことが窺われる。御嶽詣での際の派手な衣装の演出も、そうした自信の裏付けがあったからこそであろう。

ともあれ、紫式部は夫婦となって最初の危機を乗り切ったと言ってよい。この一件から間もない同年春に詠まれた次の贈答歌には、二人の平穏な日常のひとこまが垣間見られる。

桜を瓶《かめ》に挿《さ》して見るに、取りもあへず散りければ、桃の花を見やりて

36 折りて見ば近まさりせよ桃の花思ひぐまなき桜惜しまじ

返し、人

37 ももといふ名もあるものを時の間に散る桜には思ひおとさじ

夫宣孝の来訪の折か、花瓶に挿してあった桜がすぐに散ってしまい、庭に目をやると桃の花が咲いていた。「手折って見たならば、見優りしておくれ。思いやりなく散ってゆく桜など惜しむまい」――この紫式部の歌に対して、宣孝も「桃は百（もも）という名を持っているのだから、わずかの間に散る桜より見下しなどすまい」と応じている。自邸での春の一風景を口ずさんだものであろうが、桜の美しさに隠れて見過ごされがちな桃の花に目を留めた紫式部の感性と、それを是とする宣孝との息の合った睦《むつ》まじさが感じられる。桃の花を新妻の自分に見立て、他の妻たちに見劣りすまいといった寓意さえ込めたとするならば、なおさらである。さりげないこの二人のやり取りには、紫式部の新婚時代における幸福な一時が象徴されていると言えよう。

8
結婚期

長保元年（九九九）後半における宣孝との夫婦生活の一端は、次の一連の歌より窺われる。

人のおこせたる

109 うち忍び嘆き明かせばしののめのほがらかにだに夢を見ぬかな

七月ついたち頃、曙《あけぼの》なりけり

返し

110 しののめの空霧りわたりいつしかと秋の気色に世はなりにけり

七日

111 大方に思へばゆゆし天の川今日の逢瀬はうらやまれけり

返し

112 天の川逢瀬はよその雲居《くもゐ》にて絶えぬ契りし世々にあせずは

門の前よりわたるとて、「うちとけたらむを見む」とあるに、書きつけて、返し

やる

113　なほざりのたよりに訪《と》はむ人言にうちとけてしも見えじとぞ思ふ
　　月見る翌朝《あした》、いかに言ひたるにか

114　横目をもゆめと言ひしは誰なれや秋の月にもいかでかは見し　（『紫式部集』、以下同）

初秋となった七月上旬の夜明け方、宣孝から「あなたに逢えず、密かに嘆き明かしたので、夜明け方になってもあなたの夢を見ずじまいでした」（109）とあった。歌の内容からして、他の妻の邸からよこしたものだったかもしれない。この夜離《よが》れの言い訳に対して、紫式部は「秋（飽き）の気色に世（＝夫婦仲）はなりにけり」（110）と応えているが、わざわざ夜明け方によこしたことからも、時宜を得た新妻に対する宣孝なりの優しい配慮が窺われる。七夕の日の歌「普通に考えれば年に一度の逢瀬は縁起でもないが、あなたに逢えない今日に限って言えば、七夕の逢瀬はうらやましく思われることです」（111）も、同様である。返歌に「雲居」とあるから今度は宮中からよこしたのであろうか、紫式部も「絶えぬと約束した私たちの仲が末長く変わらないのでしたなら」（112）と宣孝を強くは責めない口調となっている。中秋の名月の折と思われる返歌（114）も、宣孝の気遣いに対するものだろうから、深刻さは特に感じられない。もっとも、宣孝も時には横柄な態度に出て、紫式部にしっぺ返しをくらっている。昼間、紫式部の家の前を通ったついでに立ち寄ろうとして、紫式部に「打ち解けてなどお逢いすまいと思います」(113)と、きっぱりと拒否されている。この紫式部の態度は、同年正月における新婚早々での宣孝との激しいやり取りを連想させる気丈さである。二人の関係は春以降も主とした変化はなく、概《おおむ》ね良好であったようだ。

しかし、覚悟の上とは言え、宣孝にとっては妻の一人でしかない現実が彼女に次第に重くのしかかっていく。これ以降、宣孝との結婚生活で見られるのは、通いの少なさの辛さを訴える紫式部の歌である。

久しく訪れぬ人を、思ひ出でたる折

79　忘るるはうき世の常と思ふにも身をやる方のなきぞ侘《わ》びぬる

(四行空白)

返し

80　誰が里も訪ひもや来るとほととぎす心の限り待ちぞ侘びにし

詠まれた時期は不明ながら、「久しく訪れぬ人」宣孝を思い出して「忘れてしまうのは世の常と思うにつけても、我が身のやり場の無さをわびしく泣いたことです」(79)とある。またある時は「どの里にも訪ねてくるのではないかと、一心にホトトギスの来るのを待ち侘びておりました」(80)と、ホトトギスを宣孝に譬え、他の妻たちと同様に自分のもとを訪れることを心待ちにする旨を告げている。
さらに次のような歌も残されている。

何の折にか、人の返り言に

93 入る方《かた》はさやかなりける月影をうはの空にも待ちし宵かな

返し

94 さして行く山の端《は》もみなかき曇り心も空に消えし月影

また、同じ筋、九月、月明《あ》かき夜

95 大方の秋のあはれを思ひやれ月に心はあくがれぬとも

「他のお方のもとに行くことは、はっきりしていたあなたを、気もそぞろにお待ちしていたことです」(93)——夫の通い先が自分でなかったことを恨む、この紫式部の歌に対して、宣孝は「お前の所に行こうかと思っていたけれど、ご機嫌が悪いから行けなかったのだよ」(94)と弁解している。また、長保二年の九月であろう、明るい月の夜に、しばらく通いのない宣孝のもとに「世の常の晩秋の物悲しさを思いやって下さい。たとえ、今宵のような花やかな月(=他の女性)に夢中であったとしても」(95)と、顧みられない自分のもとへの通いを促している。

長保元年冬以降、宣孝は多忙であった。十一月末に宇佐神宮の奉幣使《ほうへいし》（勅命により幣を奉納する使者）として遥《はる》か九州の豊前国《ぶぜん》に下向（『権記』『日本紀略』）、翌年二月には帰京している（『御堂関白記《みどうかんぱくき》』）。その後も四月一日、平野臨時祭の勅使に任ぜられ（『権記』）、七月二十七日の相撲節会《せちえ》の召合《めしあわ》せには武官として列席し（同）、十月十五日には殿上《てんじょう》の音楽に召されて奉仕する（同）といった記録が残されている。一女賢子《けんし》が生まれたのは、宣孝が豊前国に下向している頃であったろうか。妊娠・出産・育児と紫式部も宣孝同様に、多忙な日々に明け暮れていたと推測される。夜離れがちな夫を嘆く歌が詠まれた背景には、こうした二人の状況も大きく反映されていたはずである。他の妻たちとの関係も円満であったであろうことは、宣孝死後ながら、継娘《ままむすめ》の一人との交流の事実（次章の42・43番歌、参照）から予想される。通いも当初程ではなくなり、以前には窺われた紫式部に対する宣孝の心配りも、次第に少なくなっていったものの、二人は総じて安定した世間並の夫婦関係となっていたと思われる。

しかし、そうした夫婦生活も突然、幕を閉じる。長保三年（一〇〇一）四月二十五日、宣孝は死去した（『尊卑文脈』）。当時、都は前年より疫病が流行していた。年が明けても収まらず、二月九日の段階では「近日天下静カナラズ、病死ノ輩《やから》、遍《あまね》ク京中ニ満ツ」（『権記』）という憂うべき状況であった。三月二十八日には、疫病の沈静化を願って大極殿《だいごくでん》で『金剛寿命経』の転読が行われている（同）。宣孝死去直前の四月二十日に催された賀茂神社の御禊《ごけい》も、疫病が蔓延《まんえん》して死者も多いために「見物の牛車は百両ばかりで、行き交う者もまばら」（同）

という閑散とした人出であった。おそらく宣孝も、この猛威を振るった疫病の犠牲者の一人であったろう。二月五日の時点では道長からの呼び出しを、痔《じ》病を理由に断っているから（同）、前々年末頃からの多忙さが宣孝の基礎体力を奪っていたのかもしれない。五十路《いそじ》に達しようとしていたであろう宣孝の死は、当時の感覚からすれば、ある意味で寿命とも言えるが、幼子を抱えて残された紫式部の心中は、いかばかりであったことか。彼女の結婚生活は約二年半、三年間を満たずして終わりを告げたのである。

9　寡居期（上）

夫を亡くした紫式部の悲嘆の深さは、次の歌に象徴されている。

世のはかなき事を嘆く頃、陸奥《むつ》に名ある所々書いたるを見て、塩釜

48　見し人の煙《けぶり》となりし夕べより名ぞむつましき塩釜の浦　（『紫式部集』、以下同）

陸奥国の国府多賀城に近接した塩釜神社は、古来、塩の生産地として有名であった。その塩釜の浦の名所絵を見て、塩焼く煙と荼毘《だび》に付された夫の煙とを重ね合わせ、「連れ添った方が煙となった夕べ以来、塩釜の浦の名が慕わしく感じられることだ」とある。ここからは、火葬の夕暮時、立ちのぼってゆく夫の煙を呆然《ぼうぜん》と見つめていた紫式部の姿が彷彿《ほうふつ》とされる。そして時を隔てても未だ生前の夫の思い出と共にある彼女の喪失感の大きさが伝わってくる。その悲しみは、この歌を踏まえた、夕顔の死を悼んで詠んだ光源氏の歌「見し人の煙を雲と眺むれば夕べの空もむつましきかな」（「夕顔」巻）にも刻印されている。

「藻塩焼神事」宮城県塩竈市　御釜神社

また、次の歌からも紫式部の悲嘆の深さが伝わってくる。

世の中の騒がしき頃、朝顔を同じ所に奉るとて

53 消えぬ間の身をも知る知る朝顔の露と争ふ世を嘆くかな

「世の中の騒がしき頃」とあるから、宣孝の死去から程ない疫病の猛威が続く夏頃か、紫式部は、ある高貴な方に朝顔を贈る際、「はかない我が身とは重々、知りながらも、朝顔の露と争うように人の先立っていくこの世の中を嘆いていることです」と自らの辛い胸中を吐露している。この歌の直前の52番は、紫式部が具平《ともひら》親王家に出入りしていたことを窺わせた、かの八重山吹ゆかりの「折からを

一重にめづる花の色は……」歌である（第4章38頁、参照）。右の「消えぬ間の……」歌の送り先は、詞書に「同じ所に奉る」とあることから、ほかならぬ具平親王その人であったろう。
この他、宣孝の死に関する次のような歌が残されている。

去年《こぞ》の夏より薄鈍《うすにび》なる人に、女院かくれさせ給へる又の春、いたう霞みたる夕暮に、人のさしおかせたる

40　雲の上も物思ふ春は墨染めに霞む空さへあはれなるかな

返し

41　何かこの程なき袖を濡らすらむ霞の衣なべて着る世に

亡くなりし人の女《むすめ》の、親の手書きつけたりける物を見て、言ひたりし

42　夕霧にみ島がくれし鴛鴦《をし》の子の跡を見る見る惑はるるかな

同じ人、荒れたる宿の桜のおもしろき事とて、折りておこせたるに

43　散る花を嘆きし人は木《こ》のもとの寂しきことやかねて知りけむ

「思ひ絶えせぬ」と亡き人の言ひける事を、思ひ出でたるなり

まだ喪中が明けない翌年の春頃、女友達からであろうか、世間が「女院」東三条院詮子《せんし》（一条帝の母后）の喪に服していることになぞらえて、紫式部を見舞った歌（40）に対して、

「どうして私のこの取るに足らぬ袖を濡らしておりましょうか。誰もが喪服を着る世の中の折に」（41）と返歌している。国母《こくも》の諒闇《りょうあん》ということで、自らの不幸の小ささを気丈に強調しているものの、いまだ癒《い》えぬ悲しみの深さが感じ取られる。この歌に続くのは「亡くなりし人の女」、すなわち継娘との贈答歌である。前者の継娘からの歌「夕霧にみ島がくれし……」（42）は、夕霧のたちこめる中、すっと島影に隠れるようにして、はかなくあの世に旅立ってしまった父親――その生前に残した筆跡を見て心乱れる思いを、悲しみを共有しうる紫式部に伝えようとしている。その際、自らを「鴛鴦の子」になぞらえているのは、夫婦仲のよかった紫式部と亡父の子である意も込めたのであろう。後者の「散る花を嘆きし人は……」（43）は、この継娘が父亡き後の寂しい自邸に美しく咲いた桜の花を手折って送ってきたときに、紫式部が詠んだ歌である。「散る桜を嘆いていたあのお方は、亡き後に残されたあなたの寂しさを前々からご存じだったのでしょうか」と、「木のもと」に「子のもと」を掛け、頼り所を失った継娘の悲しみを慮《おもんばか》っている。「思ひ絶えせぬ（＝心配事が絶えない）」と宣孝が口にしていたことを思い出して詠んだとあるが、そうした生前に発した言葉の中にも、幼い賢子《けんし》の将来を案じていた父親としての愛情を改めて感じ取ったことであろう。

　しかし、こうした悲嘆にくれる紫式部の心情を察することなく、喪中早々、彼女に言い寄る男も現れている。

49　世とともに荒き風吹く西の海も磯辺《いそべ》に波は寄せずとや見し
　　門《かど》たたきわづらひて帰りにける人の、翌朝《つとめて》
　　と恨みたりける返事《かへりごと》
50　かへりては思ひ知りぬや岩かどに浮きて寄りける岸のあだ波
　　年かへりて、「門はあきぬや」と言ひたるに
51　誰が里の春の便りに鶯《うぐひす》の霞《かすみ》に閉づる宿を訪《と》ふらむ

幾度かの求愛に応じない紫式部に、しびれを切らしたのであろう、男は直接、彼女の邸を訪れ、門をたたき続けたものの、結局、門は開けられることはなかった。その翌朝、詠んだのが「世とともに……」の歌で、「いつも荒い風の吹く西の海でも、磯辺に波が寄せないことはありませんでした」と、女性からここまでの強い拒絶にあったことはなかったとして、門前払いをした紫式部の行為を恨んでいる。「西の海」とあるから、相手の男性は九州の受《ず》領《りょう》経験者だったと思われる。この歌に対して紫式部は「お帰りになっておわかりになったでしょうか。固く閉ざした我が家の門（「岩角《いはかど》」「岩門」）に、空しく打ち寄せる岸辺の波のように、あだめいた浮気心で言い寄ったということを」と、手厳しい口調で切り返している。それでも男は年が改まってから、「喪が明けたか」の意を踏まえ、「門は開きましたか」と懲りもせず言い寄っているが、紫式部の固い意志を揺るがすことはなかった。「どの春の里（＝

女のもと）を訪れたついでとして、鶯（＝あなた）は霞に閉ざされた我が宿（＝喪中の我が家）を訪ねるというのでしょうか」とある。

これ程までの強い拒絶は受けなかったものの、他にも寡婦となった紫式部に求婚してくる男はいたらしい。

たまさかに返事したりける人、後にまたも書かざりけるに、男

91　折々にかくとは見えてささがにのいかに思へば絶ゆるなるらむ

返し、九月つごもりになりにけり

92　霜枯れの浅茅《あさぢ》に紛ふささがにの如何なる折にかくと見ゆらむ

紫式部はその男には、たまに返事をしていたが、ある時から返事をしなくなったところ、相手から「時折、返事を頂戴していたのに、どのようなお考えで、ぱったりと途絶えているのでしょうか」とあった。これに対して紫式部は「霜枯れの浅茅にひっそりと隠れ住む蜘蛛《くも》（「ささがに」）のように、はかない私なのですから、どのような折に『かく（＝巣を掛ける・返事を書く）』と御覧なのでしょうか」と、晩秋に事寄せ、若くない自らを強調して婉曲《えんきょく》に男との交際の意志のないことを告げている。

寡居《かきょ》時代は宮仕えまでの四年半という長い期間に及び、この間、病魔に冒されることもあっ

たと思われる。

六月ばかり、撫子《なでしこ》の花を見て

96 垣ほ荒れ寂しさまさる常夏《とこなつ》に露置き添はむ秋までは見じ

「物や思ふ」と、人の問ひ給へる返事に、長月つごもり

97 花薄《はなすすき》葉分けの露や何にかく枯れゆく野辺に消えとまるらむ

わづらふ事ある頃なりけり

宣孝没後、手入れの行き届かなくなった邸の垣根に咲くナデシコを見て、幼い一人娘賢子を残して、このまま秋を迎えることなく、この世を去るかもしれない不安を抱いている（96）。またその三カ月後か、「心配事でもあるのか」と問われたあるお方からの返事には、尾花（＝穂の出たススキ）の葉の間を分けて下葉に置いた、枯れゆく野原の露に自らを譬《たと》え、今にも消えそうな我が命のはかなさを訴えている（97）。左注に「わづらふ事ある頃なりけり」とあるから、この頃、病気であったことが知られる（ただし、この二首はそれぞれ結婚期・宮仕え期に詠まれたとする説もある）。

この危機を乗り切れたのは、幼子を残して死ぬまいと願う母としての強さであったろうか。

世を常なしなど思ふ人の、幼き人のなやみけるに、唐竹《からたけ》といふ物、瓶《かめ》に挿《さ》したる、女房の祈りけるを見て(1)

54　若竹の生ひゆく末を祈るかなこの世を憂《う》しと厭《いと》ふものから

身を思はずなりと嘆く事の、やうやうなのめに、ひたぶるのさまなるを思ひける

55　数ならぬ心に身をば任せねど身に従ふは心なりけり

56　心だにいかなる身にか適ふらむ思ひ知れども思ひ知られず

幼い賢子が病気になったとき、侍女が唐竹を瓶に挿して祈っているのを見た紫式部は、この世をつらいと厭わしく思いながらも、若竹のようにすくすくと成長していく我が子の将来を祈らずにはいられない(54)。この気丈さに支えられてか、時の流れとともに、あれほど強かった不遇感も、薄らぎはしないまでも次第に日常化している自分に気づくこととなる。「取るに足らぬ心に、我が身の上を委ねているわけではないけれど、境遇に従うのは心であったことだ」(55)――この歌は、そうした紫式部の心境の変化を物語っている。相変わらず「思ひ知れども思ひ知られず」(56)と、諦念とは程遠い心境でありながらもである。

右の「若竹の生ひゆく末……」歌から垣間見られるように、夫亡き後の紫式部は、一人娘賢子の養育を中心とした生活であったと想像される。それは慌ただしく他律的に過ぎて行った、結婚期以降の自らの人生、さらには自らの半生を問い直すに充分な時間であった。幼子

を抱えた将来の生活への不安は、そうした自己凝視への傾斜を一層加速したことと思われる。自分とは何か、何をなすべきかを問ううちに、やがて彼女は自らの原点を見つめ直すに至る。自らの原点――それは、二十代前半まで彼女をとりこにした読書、とりわけ物語の世界であったろう。紫式部は新たな思いを込めて、しばらく遠ざかっていたであろうこの世界に再び足を踏み入れることとなる。しかし、それはかつての単なる延長線上に位置するものではなかった。享受する側から創作する側への質的な転換を伴ってである。

10　寡居期（下）——帚木三帖の誕生——

『紫式部日記』には、この寡居期《かきょ》を回想した次のような記述がある。

見所もなき古里の木立を見るにも、ものむつかしう思ひ乱れて、年頃、つれづれにながめ明かし暮らしつつ、花鳥の色にも音にも、春秋にゆきかふ空の景色、月の影、霜雪を見て、「その時来にけり」とばかり思ひ分きつつ、「いかにやいかに」とばかり、行く末の心細さは、やる方なきものから、はかなき物語などにつけて、うち語らふ人、同じ心なるは、あはれに書き交はし、少しけ遠きたよりどもを尋ねても言ひけるを、ただこれを、様々にあへしらひ、そぞろ事に、つれづれをば慰めつつ、……さしあたりて、「恥づかし、いみじ」と思ひ知る方ばかり逃れたりしを、さも残る事なく思ひ知る身の憂さかな。試みに、物語を取りて見れど、見しやうにも覚えず、あさましく、あはれなりし人の語らひしあたりも、「我をいかに面なく心浅き者と思ひ落とすらむ」と推し量るに、それさへ、いと恥づかしくて、え訪れやらず。……中絶ゆとなけれど、おのづから、かき絶ゆるも、あまた。

（『紫式部日記』寛弘五年十一月中旬の条）

〈見栄えのしない実家の木立を見るにつけても、何となく心が晴れず、思い乱れて、（夫亡き後）数年間、所在なく、ぼんやりと明け暮れ眺め過ごしながら、花の色や鳥の鳴き声に対しても、春秋に移り変わる空の様子や、月の光、霜・雪を見ても、「その時節になったのだわ」とのみ分かっては、「一体、どうなることやら」と思うばかりで、将来の心細さは、どうしようもないものの、とるに足らない物語などにつけて、語り合う人の中でも、気の合う人とは、しみじみと手紙をやり取りし、少し疎遠な縁故などを尋ねてでも文通したが、ただこの物語を、あれこれと批評し合い、たわいもない事に無聊を慰めては、……当座は、「恥ずかしい、辛い」と思い知る事だけは逃れていたものの、（宮仕えしてからは）こんなにも残らず思い知ることになった我が身の嘆かわしさよ。試しに、（当時、熱中した）物語を手に取って見るけれど、かつて見たようにも思われず、驚き呆れ、仲のよかった人で親しく語らった人たちも「私をどんなにか恥知らずで、思慮浅い者と見下していることであろう」と推量するにつけても、それさえ大層、恥ずかしくて、訪れることなど出来ない。……仲が途絶えるというわけではないけれど、自然と（交流が）パッタリとなくなる人も多い。〉

彰子《しょうし》中宮出仕後、里下がりした折のことである。紫式部は、見慣れた実家の木々に目をやるにつけても、「年頃、つれづれにながめ明かし暮らし」た寡居時代が彷彿《ほうふつ》とされた。それは、花鳥風月から知る時節の移ろいを何らの感慨もなく受け止め、将来の不安を抱きつつ過ごした日々であった。そして、そうした日々の中で無聊《ぶりょう》を慰められたのが、傍線部「はかなき物語」などを介して知り合った、気心の合う者同志たちとの交流であり、そこで物語について、しみじみと書簡を交換したり、少し遠い縁故を尋ねてまで、あれこれやり取りをしたのである。こうして広がった交友関係の輪の中で読まれた「はかなき物語」の中に、紫式部のオリジナルが含まれていたことは、傍線部「試みに、物語を取りて見れど、見しやうにも覚えず」という自作に対する彼女自身の失望感より知られる。紫式部は、熱中して創作した当時とのあまりの印象の違いに驚き呆《あき》れて、かつてしみじみと語り合った人たちが、「自分をどんなに厚かましく思慮浅い者と軽蔑していることか」と推量するにつけても恥ずかしく、絶交するということはないが、自然と交流が途絶える人も多くあったという感慨にふける。

その交流の中心であった、かつてしみじみと語り合った人たちとは、為時一家が主家筋と仰ぎ、紫式部自らも少女期より出入りしていた、具平親王家との縁で結ばれた人たちにほかなるまい。結婚以降、やや疎遠になっていた具平親王家周辺の人達との関係が、寡婦となり、育児も一息ついた段階で、自ずと復活されたと思われる。後に彰子中宮に出仕した当初、彰子中宮の女房たちは新参者の紫式部に対して、「物語好み、よしめき、歌がちに、人を人とも思はず、ねたげに見落とさむ者（＝物語を好み、上品ぶり、何かと歌を詠みがちで、他人を馬鹿にし、妬ましげに見下す者）」（『紫式部日記』）という先入観を抱いている。それは物語作者としての紫式部の名声が、彰子中宮出仕以前において既に広まっていたことを雄弁に物語っている。紫式部の創作物語は、こうして寡居時代の無聊を慰めるこの交流の輪の中で発表されたのである。

この寡居期に執筆された物語の中に、『源氏物語』の一部が含まれていたことは想像に難くない。具平親王との関係から帚木三帖は、その候補の筆頭に挙げられよう。帚木三帖の最終巻「夕顔」は、具平親王が寵愛《ちょうあい》した雑仕女大顔を物の怪によって失うエピソード（『古今著聞集』）から着想を得ている（第4章40頁、参照）。夕顔怪死事件に対する詳細を極めた描かれ方は、そうした事情を反映している。夕顔を廃院に連れ出す前日の「八月十五夜」以降、夕顔が謎の死を遂げ、その葬送を見届ける十八日の朝方まで、次のように逐一、その時間が記されている。

「明け方も近うなりにけり」「明けゆく空」「日たくる程に起き給ひて」「夕べの空を眺め給ひて」「宵過ぐる程」「名対面《なだいめん》（＝午後九時）は過ぎぬらむ」「夜中も過ぎにけむかし」「夜の明くる程の久しさは」「からうじて鶏《とり》の声、はるかに聞こゆるに」「明け離るる程」「日高くなれど」「日暮れて」「十七日の月さし出でて」「初夜《そや》も皆、行ひ果てて」「夜は明け方になり侍りぬらむ」「いとどしき朝霧」

このような克明なドキュメンタリータッチの手法は、物語の迫力を増すと同時に、光源氏周辺の人物が事の真相を語るという帚木三帖の体裁と照応するものである。「夕顔」巻末に添えられている帚木三帖の跋文《ばつぶん》では、この物語を語った動機が次のように記されている。

かやうの、くだくだしき事は、あながちに隠ろへ忍び給ひしも、いとほしくて、みな漏らしとどめたるを、「などか、帝の御子ならむからに、見む人さへ、かたほならず、ものの誉めがちなる」と、作り事めきて、とりなす人、ものし給ひければなむ。あまり物言ひ、さがなき罪、さり所なく。

〈これまでお話ししたような繁雑な事は、（光源氏様御当人も）ひたすらお隠しになったのも気の毒で、一切、口外しないでいたのに、「どうして帝の御子だからといって、周囲の者までが、やたらと誉めてばかりなのか」として、「作り事めきて、とりなす人」がおられたので（こうしてお話ししたのです）。（しかし結果的に）あまりに慎みがないというお咎《とが》めは、逃れようもなく。〉

事情を知っているはずの周囲の者までも、むやみに誉めてばかりいる態度に反発し、「作り事めきて、とりなす人」――これに対する反論として、語り手は事実を告げたのであるから、当然、説得力をもたせるためにも詳細なものとなる。知られたくないという光源氏当人に遠慮して、我慢して口をつぐんでいた反動もそれに拍車をかける。『古今著聞集』にも取り上げられていることから窺われるように、具平親王の雑仕女怪死事件は、当時、評判となり、様々な風説が飛び交ったことであろう。その有名なスキャンダラスな恋愛事件に想を得て、具平親王家周辺の一人である紫式部が、光源氏の物語に仕立てたのであるとすれば、夕顔怪死事件が事細かに記されているのも当然の結果と言えよう。

　帚木三帖の第一・二巻「帚木」「空蟬」においてはどうであろうか。この両巻には『源氏物語』五十四帖中、紫式部の実生活が最も色濃く反映されている。老受領の後妻という設定に象徴されるように、空蟬は紫式部の自画像に最も近い女君である。また〝雨夜《あまよ》の品《しな》定め〟以降、物語の主要な舞台となる紀伊守《きのかみ》邸のある「中川のわたり」は、紫式部の居宅である堤《つつみ》中納言邸があった所で、紀伊守邸はこの堤中納言邸にも擬せられる。空蟬物語の前提となる光源氏と紀伊守・伊予介《いよのすけ》との関係の発想的基盤も、紫式部の生活圏内に求められる。光源氏が紀伊守の父伊予介にとって主家筋であったのは、伊予介が任国より上京した折、旅姿のままで真っ先に光源氏のところに挨拶《あいさつ》に参上したことから知られる[1]。そもそも光源氏の方違え先として紀伊守邸が選ばれたのも、そうした前提があればこそであり、紀伊守訪問に至る経緯には、紀伊守が陰で漏らした愚痴に光源氏が答えるといった、内輪ならではの遣り取りが記されている[2]。伊予介・紀伊守親子に見られる、このような身内感覚的な上下関係からは、具平親王と為頼・為時兄弟との関係が連想される。

帚木三帖における具平親王の影響は、親王家に対する配慮からも読み取れる。左大臣家の姫君は〝雨夜の品定め〟の女性論に適う理想的な女性であり、光源氏の気に沿わないのは、そのあまりの上品さに親しみにくく思われるからである。(3) 光源氏は「帚木」巻頭で紹介されているように、浮ついた好色事は好まぬ「御本性《ごほんぢやう》」でありながら、まれに不可解な執着を見せる「癖」ゆえに、(4) そうした理想的正妻を差し置いて、「中《なか》の品《しな》」の女性との身分違いの恋に我を忘れることになる。しかしその恋の行方は、空蝉の再度の逢瀬拒否と夕顔横死という、言わば自業自得の結末であり、最終的には正妻のもとに戻ることが予想される。具平親王の正妻は、源高明《たかあきら》女所生で為平《ためひら》親王（村上天皇第四皇子）女とされる高貴な血筋である。紫式部との直接的な関係は不明であるが、正妻に非がないという姿勢で貫かれていることは、具平親王家側に立った在り方である。

具平親王にとって最もスキャンダラスな雑仕女との一件を連想させる夕顔怪死事件にしても、その例外ではない。『古今著聞集』「後中書王具平親王雑仕を最愛の事」でも、「後中書王、雑仕を最愛せさせ給ひて、土御門《つちみかど》の右大臣をば、まうけ給ひけるなり」と、最初に語られながらも、次のように、雑仕女の子を「土御門の右大臣」、すなわち源師房《もろふさ》（一〇〇八〜一〇七七）とするには疑問の余地があると付言されている。

土御門の大臣の母は式部卿《しきぶのきやう》為平の御子の御女《むすめ》のよし、系図に註せる、おぼつかなき事なり。尋ね侍るべし。

師房は『公卿補《くぎょうぶ》任《にん》』『尊卑文脈』[5]等にあるように、明らかに具平親王の正妻腹の御子であ

系図7

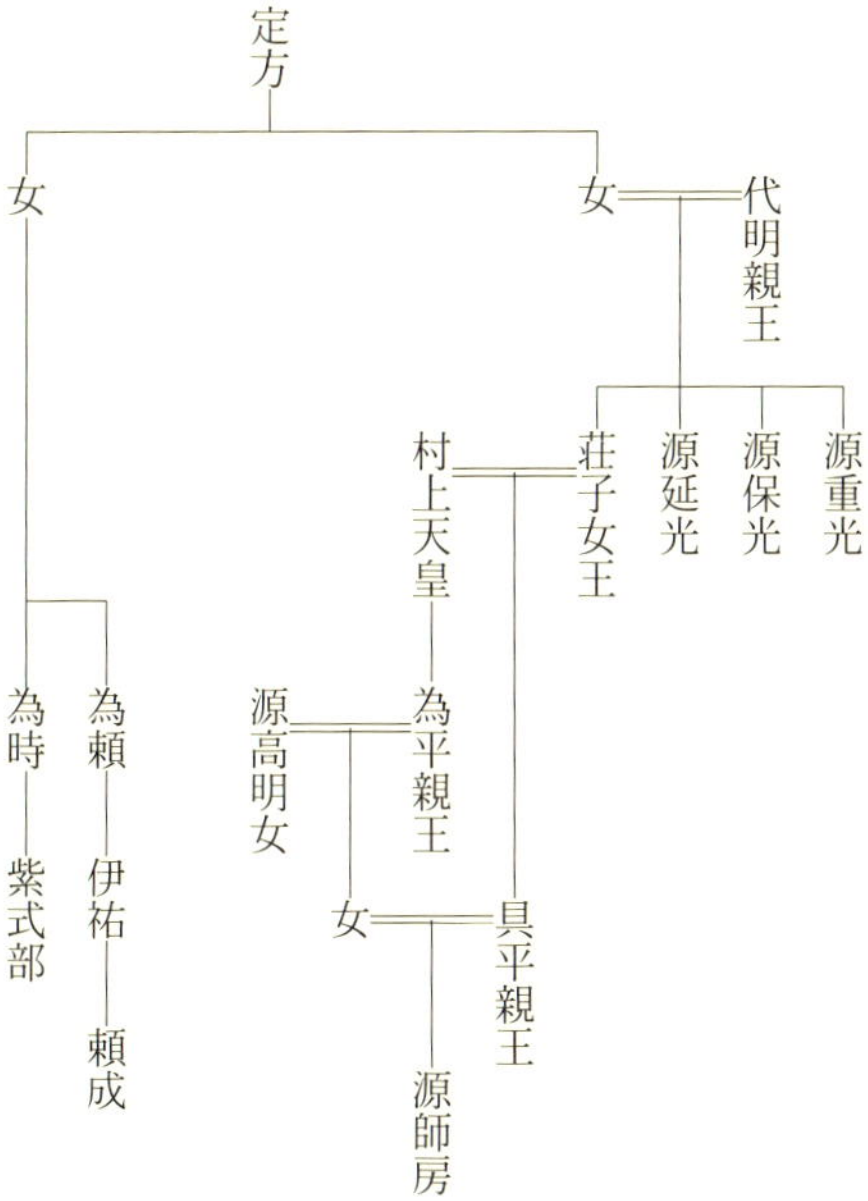

る。雑仕女との子と見なされうるのは、かの『権記』に記されていた、具平親王の御落胤《ごらくいん》で為頼の長男伊祐《これすけ》の養子となった、母方が不明な頼成《よりひら》であろう。「夕顔」巻においても夕顔の遺児撫子《なでしこ》という三才の娘の存在が語られている。もし雑仕女の子が頼成であるならば、親王の実子の男児を物語では連れ子の女児にしているものの、横死した雑仕女を哀れんで、具平親王の御落胤を為頼の長男伊祐の養子としたという美談となる。

これらは、いずれも具平親王家ゆかりの者としての常識的な配慮、積極的に言うならば親王家への忠誠心の現れであり、消極的に言うならば親王家の心証を害する危険に対する予防策である。先の「夕顔」巻跋文には、「作り事めきて、とりなす人」への反発から真実を語ったものの、結果的に言い過ぎたのでないかという反省（「あまり物言ひ、さがなき罪、さり所なく」）が語られていた。この弁明は、虚構の物語とは言え、具平親王をモデルにすることで、具平親王家の不名誉ともなりかねないことに対する紫式部自身の弁明ともなっている。光源氏と語り手の距離がそのまま具平親王と紫式部に重ね合わされるという図式は、帚木三帖全体のモデルが具平親王である証左にほかなるまい。

ちなみに「光源氏」という名称についても、具平親王周辺の人物との関連性が窺われる。具平親王の母荘子女王の同母兄には、源重光《しげみつ》（九二三〜九九八）・保光《やすみつ》（九二四〜九九五）・延光《のぶみつ》（九二七〜九七六）三兄弟がおり、それぞれ正三位《しょうさんみ》・従《じゅ》二位・従三位という高位についている。荘子女王とは幼少時、母定方女亡き後、父代明親王とともに、故定方邸に移り住み、代明親王が去った後も、そのままそこで養育された（『大和物語』第九四段）という経緯もある。〝延喜時之三光〟とも称された具平親王の伯父たち（『二中歴《にちゅうれき》』）は、親王の誕生時より、その成長を見守り続けたことであろう。(6)紫式部が賢子を出産する頃には既に、この三人は逝去《せいきょ》しているが、「光源氏、名のみ事々しう……」（「帚木」巻頭）と、具平親王ゆかりの物語を執筆するに際して、この伯父たちの名が脳裏をよぎったであろうことは想像に難くない。もとより、「光源氏」という名称は、左大臣にまで登りつめた源融《とおる》（八二二～八九五）・仁明《にんみょう》天皇の一世源氏である源光《ひかる》（八四五～九一三）、光る源中納言と呼ばれた是忠《これただ》親王（八五七～九二二）等、様々な過去の〝光〟と冠されたであろう皇子や源氏たちに依拠している。帚木三帖も、そうした言わば光源氏伝説にのっとった形式で語り出されているが、その際、具平親王を光源氏に一層容易に結び付ける要因のひとつとして、この伯父たちの名前は興味深いものがある。また「夕顔」巻より登場し、光源氏の乳母子《めのとご》にして無二の腹心である惟光《これみつ》の命名においても、この三兄弟の存在は看過できまい。

以上のように、「夕顔」巻は具平親王のエピソードに基づき、「帚木」「空蟬」巻においても、具平親王のみならず、紫式部自身の実生活・生活空間の投影が著しい。博学多才で知られた具平親王は、もとより光源氏のモデルにふさわしい。発表の場が、具平親王家との縁で結ばれた物語を愛好する人たちであったのであるから、帚木三帖は、まさに具平親王家周辺の人達という第一読者を前提として、具平親王を中心とした、紫式部自らも含めたその周辺の世界を発想の基盤として成立した物語と言えよう。
帚木三帖の執筆時期が宣孝との結婚以前に溯《さかのぼ》らないのは、老受領の後妻という空蟬の人物設定から窺われる。

数ならぬ伏屋《ふせや》に生ふる名の憂《う》さにあるにもあらず消ゆる帚木　（「帚木」巻末）
〈とるにたらない伏屋（＝屋根の低い粗末な小家）に生えている（という、その）名のつらさゆえに、あるのかないのかわからないようにして消える帚木であることです。〉

右の空蟬の歌に象徴される、自らの運命に対するやるせない心象風景は、宣孝との死別後の絶望感と重ね合わされる。帚木三帖の執筆時期の下限は、具平親王家との良好な関係が保たれていた時期、すなわち、少なくとも彰子中宮のもとに出仕する以前であろうから、帚木三帖の誕生は寡居期に限定される。
それでは帚木三帖以外の巻々についてはどうか。『源氏物語』の首巻「桐壺」は、巻序からするならば当然、その中に含まれなければならない。しかし「桐壺」巻が『源氏物語』中、最初に執筆されたか否かについての疑義は、『源氏物語聞書《ききがき》』『河海抄《かかいしょう》』等、古注以来、提唱されている。特に「桐壺」巻末と「帚木」巻頭の接続の悪さ・断絶は大正時代、「帚木」

巻起筆説を打ち出した和辻哲郎氏によって指摘されている通りである。(7)「桐壺」巻末において藤壺を一途に思う純真な元服間もない光る君は、次巻「帚木」巻頭においては「光源氏、名のみ事々しう……」と、一転して高名な好色人として登場する。しかもそれ以降、語られる帚木三帖の世界には、「桐壺」巻の暗い影が見られない。すなわち、帚木三帖には弘徽殿《こきでん》女御や一の皇子は登場せず、重苦しい後宮《こうきゅう》絡《がら》みの政治的世界も、藤壺との深刻な関係への予兆も、ここにはない。左大臣家で大切にされ、姫君も理想的な正妻でありながら、若さゆえもあってか、他の女君たちとの恋愛により自ら失敗を招く――こうした光源氏から、「桐壺」巻で語られる両親の悲恋の物語を背負った少年の面影は見えない。また、帚木三帖の次巻「若紫」に描かれる藤壺との密通等、深刻な波乱に富んだ光源氏の運命も、「帚木」巻冒頭の宣言とは相入れない。もとより帚木三帖は、紫式部自身の周辺世界を発想的基盤に描かれた、私的かつ短編的な物語であり、公的で長編的萌芽《ほうが》の見られる「桐壺」巻や、本格的に長編化の始まる「若紫」巻とは一線を画す趣がある。

「桐壺」巻が直結するのは、帚木三帖ではなく「若紫」巻である。二条院に藤壺のような理想的女性を迎えたいという「桐壺」巻末における光る君の願いは、そのまま「若紫」巻頭から語られる北山での藤壺と瓜二つの美少女若紫の登場に結び付いている。一方、帚木三帖が直結するのは「若紫」巻の次巻「末摘花」である。「末摘花《すえつむはな》」巻は、「思へども、なほ飽かざりし夕顔の、露に後れし程の心地を、年月ふれど思し忘れず」〈愛しても、まだ愛し足らなかった夕顔に、露のように、はかなく先立たれた時の思いを、（源氏の君は）月日が経つものの、お忘れにならない。〉と夕顔追慕から語り出される。「末摘花」巻末には若紫が登場し、「若紫」巻の成立を前提とする。また「若紫」巻には何の紹介もなく惟光が活躍し、「六条京極わたり」と六条御息所の存在も認められ、「若紫」巻も帚木三帖の後巻と考えるのが自然である。したがって「末摘花」巻までの『源氏物語』初期六巻のスムーズな巻の流れは左記の通りとなり、「桐壺」巻と帚木三帖の位置は逆転する。

帚木三帖[2〜4]→「桐壺」[1]→「若紫」[5]→「末摘花」[6]　（番号は現行巻序）

　具平親王ゆかりの物語とは全く異質な「桐壺」巻は、彰子中宮サロンへの出仕後、執筆されたと推定される（第12章、参照）。『紫式部日記』寛弘五年十一月中旬の条に記されている、寡居期に執筆された「はかなき物語」の中に、帚木三帖以外の「桐壺」以降の巻々を含める必要はあるまい。

　しかし、ここで執筆された物語を帚木三帖に限定するには、未だ一考を要する。『源氏物語』には、五十四帖に先行した光源氏の物語があったかと思われる痕跡《こんせき》が残されている。光源氏若き日ゆかりの既知の女君として、唐突に語られる朝顔の姫君や筑紫《つくし》の五節《ごせち》の点描がそれである。[8]「朝顔」巻のヒロインともなっている朝顔の姫君は「帚木」巻中、方違《かたたが》え先である紀伊守邸で、光源氏が立ち聞きした空蟬を取り巻く女房たちの噂話の中に、次のように初登場する。

式部卿の宮の姫君に朝顔、奉り給ひし歌などを、少しほほゆがめて語るも聞こゆ。

（「帚木」巻）

〈式部卿の宮の姫君に朝顔を差し上げなさった歌などを、少し事実を違えて話しているのも聞こえる。〉

その噂話とは、光源氏が彼女に朝顔と共に歌を送ったという簡略な内容で、「朝顔」の呼称の由来ともなった、この二人の交流がどのようなものであったかについては、以後の巻々においても語られることはない。「朝顔」と言えば、方違えのために若き紫式部の里邸に宿泊した男との謎めいた、かの『紫式部集』4・5番の贈答歌が想起される（第5章46頁、参照）。この歌との関連は物語創作上、朝顔の姫君が紫式部の原体験に近い女君であったことを示唆する。空蟬は紫式部の自画像に最も近い女君である。その空蟬に関連する場面で、朝顔の姫君が周知の女君として紹介されるという事実と重ね合わせるならば、帚木三帖以前に執筆された朝顔の姫君の登場する物語の存在が、おぼろげながら浮かび上がってくるであろう。

筑紫の五節の初出は、次の光源氏の回想においてである。

「かやうの際《きは》に、筑紫の五節が、らうたげなりしはや」と、まづ思し出づ。(「花散里《はなちるさと》」巻)
〈「このような身分(の女性)では、筑紫の五節の舞姫が可愛かったことだな」と、まず思い出しなさる。〉

須磨流謫《るたく》直前の煩悶《はんもん》尽きぬ頃、光源氏は花散里を訪れる途中、一度通った覚えのある中流階級の女の邸宅前に至り、消息を伝えるが、女は誰と分からぬ体《てい》を装う。そのようなつれない女の態度を見るにつけ、光源氏の脳裏に浮かんだのが、可愛らしい筑紫の五節のことであった。五節とは「五節(大嘗会《だいじょうえ》・新嘗会《しんじょうえ》で催される女楽)」の舞姫の意で、かつて五節の舞姫として宮中で舞ったことから、その名がつけられたのであろう。彼女について次に語られるのは、次巻「須磨」である。筑紫の五節一家は九州から上京の途上、須磨の浦で光源氏に消息する。その場面からは彼女が大宰大弐《だざいのだいに》となった父親に付き従って筑紫に下向していたこと、彼女の一家が光源氏の特別な恩顧を賜《たまわ》っていたことが知られる。(9) 筑紫の五節にとって光源氏は、主君筋に当たる憧れの君であり、その交流も二人だけの秘め事であったらしい(10)。

このように筑紫の五節については、その後も既知の事として断片的に語られるだけで、光源氏との具体的な交渉の経緯や関係の深さは朝顔の姫君同様、不明のままである。また、筑紫の五節についても『紫式部集』との関連が指摘しうる。6・7番は、紫式部が「姉君」とも慕った筑紫ゆかりの女友達との贈答歌である。紫式部の青春時代の原体験「筑紫へ行く人の女」との友情は、筑紫の五節に投影されている（第5章54頁、参照）。紫式部は『紫式部集』にも記した自らの体験をもとに、朝顔の姫君同様、筑紫の五節の登場する物語を執筆した可能性が高い。

そもそも筑紫の五節が唐突に語られる「花散里」巻は、五月雨の頃の「中川」周辺という場面設定の共通性から、「帚木」巻と重ね合わされるところが大きい。またヒロイン花散里の姉として登場する麗景殿《れいけいでん》女御は、具平親王の母荘子女王の呼称でもあることから、この巻は具平親王家ゆかりの物語として発想された可能性が考えられる（第4章41頁、参照）。花散里の登場については、巻頭に簡略ながら紹介がなされており、朝顔の姫君や筑紫の五節程の唐突性はない。しかし、花散里が具平親王家絡みの発想から生まれた、若き日の光源氏ゆかりの女君であることを考慮するならば、「花散里」巻以前に花散里について語られた物語の存在も否定できまい。筑紫の五節が「花散里」巻中で触れられる理由も、この花散里が語られていた物語の中に登場していたからこそと推察される。

こうした現存の『源氏物語』に含まれない光源氏の物語は、朝顔の姫君も含めて、おそらく習作的に紫式部が執筆したものであろう。それが一巻にまとめられていたか、複数巻であったかさえ今日となっては知る由もないが、そこには帚木三帖同様、具平親王家色が強い物語、すなわち朝顔の姫君との交流・花散里との交際・少女筑紫の五節の光源氏への淡い恋等が、ほのぼのと描かれていたと思われる。その内容から執筆時期は、結婚期以前にまで溯《さかのぼ》るかもしれない。そうであるとするならば帚木三帖は、かつて具平親王家周辺で発表したこの物語を引き継ぎつつ、新たな角度から書き下ろしたものであったと言えよう。

帚木三帖の誕生は、紫式部に大きな転機をもたらすこととなる。この物語は具平親王家周辺の人達に絶賛されたに違いない。そしてこの人達を介して、貴族の子女たちに広まり、やがてその評判は、摂関家の耳に達するに至る。定子中宮亡き後とは言え、一条帝の寵愛《ちょうあい》を更なるものにすべく、彰子サロンの充実を常に心掛けていた道長にとって、世間で評判の物語作者紫式部を彰子中宮の女房にと望むのは当然である。この出仕要請に対して、紫式部も悩んだことであろう。先に挙げた『紫式部集』55・56番（第9章94頁、参照）は、この誘いに逡巡《しゅんじゅん》しながらも、次第に出仕へと傾いていった心境を物語る歌とも受け取れる。彰子中宮のもとに出仕することは、何より恩顧ある具平親王家に対する裏切り的行為ともなりかねない。事実、出仕後は『紫式部日記』寛弘五年十一月中旬の条に記されていたように、親交を結んだ仲間とも疎遠な関係となっている。しかし、帚木三帖の執筆それ自体が、既に新たな生き方の模索であった。夫宣孝を亡くしてから早、四年の歳月は過ぎている。いつまでも将来の当てのない生活に甘んずることは、許されない状況にもなっていたと思われる。三十代を迎えていた紫式部にとって新たな人生の扉は、まさに目前に迫っていたのである。

11　初出仕

紫式部の出仕は、勧修寺流の繋《つな》がりから、彰子《しょうし》中宮の母倫子《りんし》を介しての強い要請を受けてのものであったと思われる。源倫子（九六四〜一〇五三）は亡夫宣孝同様、三条右大臣定方の曽孫であり、紫式部とは再従姉妹《またいとこ》の関係にある。すなわち倫子の母穆子《ぼくし》は、紫式部の祖母定方の女《むすめ》の姪《めい》に当たる。倫子が紫式部にとって特別な存在であったことは、次の『紫式部日記』寛弘五年（一〇〇八）九月九日の条からも窺われる。

九日、菊の綿《わた》を、兵部《ひやうぶ》のおもとの持《も》て来て、「これ、殿の上（＝倫子）の、とりわきて『いとよう老いのごひ捨て給へ』と宣《のたま》はせつる」とあれば、

菊の露わかゆばかりに袖ふれて花の主に千代は譲らむ

とて、返し奉らむとする程に、「あなたに帰りわたらせ給ひぬ」とあれば、用なさに止どめつ。

系図8

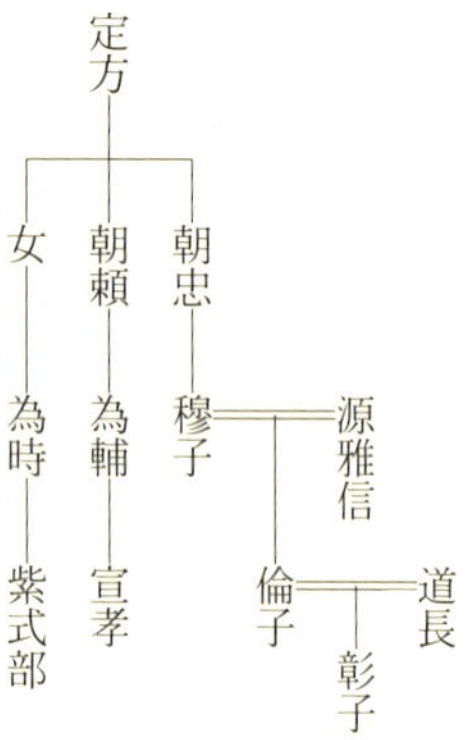

この時期、彰子中宮は出産のため、土御門《つちみかど》邸に里下がりしており、紫式部もこの年の重陽の節句を、倫子の住むこの邸で迎えている。重陽《ちょうよう》の節句には前夜、菊の花に真綿をかぶせ、翌朝、菊の香を含み夜露に濡れた真綿で顔や体を拭い、老いを除く風習があった。その菊の着せ綿を、御子誕生二日前のせわしいこの日に、倫子は中宮の御座所に参上した際、紫式部の事を忘れることなく指名で贈っている。その厚意に恐縮した紫式部は、「私はほんの少し若返る程度、袖に触れるに止どめて、花の持ち主のあなた様に、千年の寿命はお譲り申しましょう」と詠み、着せ綿をお返ししようとしたが、既にお部屋に戻られていたので、そのまま頂戴したとある。また、同年十一月、御冊子《みそうし》作りの大役を果たして里下がりした紫式部のもとに、倫子は直々の手紙を送り、早々に帰参するよう促している。紫式部はこの手紙に恐

縮し、彰子中宮のもとに戻っているが、後述するように、この時の里下がりはそのまま宮仕えを終える危険性もあっただけに、倫子の発言力は並々ならぬものがあったと推察される（第14章156頁、参照）。紫式部にとって倫子は、宮仕えの後見的な役割を果たしていたと考えられる。

彰子中宮のもとへ出仕したのはいつか。『紫式部日記』寛弘五年十二月二十九日の条には、「師走の二十九日に参る。初めて参りしも今宵の事ぞかし」[1]とある。さらに、この記述の直前、十一月二十八日、例年十一月下の酉の日に催される賀茂の臨時祭の条に「兼時が去年までは、いとつきづきしげなりしを（＝似つかわしかったが）、こよなく衰へたる振舞ひぞ……」とあり、初出仕は寛弘三年（一〇〇六）以前の十二月二十九日であったことが知られる。ただし、寛弘五年九月の時点で「まだ見奉り馴るる程なけれど」（『紫式部日記』寛弘五年九月十一日の条）とある紫式部が抱いていた新参意識から見て、出仕年を寛弘元年以前の早い時期とするのも不自然である。したがって、紫式部の初出仕は通説通り、寛弘二年か三年とするのが妥当であろう[2]。

それでは、このいずれの年であったか。『伊勢大輔《いせのたいふ》集』には、寛弘二年説を裏付ける次の有名なエピソードが残されている。

女院の中宮と申しける時、内裏《うち》におはしまいしに、奈良から僧都《そうづ》の八重桜を参らせたるに、「今年の取り入れ人は今参りぞ」とて、紫式部の譲りしに、入道殿（＝道長）聞かせ給ひて、「ただには取り入れぬものを」と仰せられしかば

いにしへの奈良の都の八重桜けふ九重に匂ひぬるかな

（『伊勢大輔集』彰考館本）

彰子中宮のもとに奈良興福寺の僧都から八重桜が献上された折、紫式部は「今年の取り入れ役は新参者に」と言って、その役を後輩の伊勢大輔に譲ったところ、道長が歌を添えるように命じたとある。(3) かくして伊勢大輔の代表歌「いにしへの……」は生まれたが、『紫式部集』には、この返歌と関連歌が載せられている。

104 卯月《うづき》に八重咲ける桜の花を、内裏《うち》にて

104 九重《ここのへ》に匂ふを見れば桜狩り重ねて来たる春の盛りか

105 桜の花の祭の日まで散り残りたる、使の少将の挿頭《かざし》に賜《たま》ふとて、葉に書く

105 神代にはありもやしけむ山桜けふの挿頭に折れる例《ためし》は

（『紫式部集』）

104番は、『伊勢大輔集』では「いにしへの……」歌に対する彰子中宮の返歌となっているから、紫式部が代詠したのであろう。この歌が詠まれた年は105番から知られる。「使の少将」藤原頼宗《よりむね》（道長二男、源明子《めいし》腹）が葵祭の勅使をつとめたのは、寛弘四年の四月十九日である

（『御堂関白記』）。この年、葵祭の日まで遅咲きの桜が散らずに残っていた。105番ではそれを神意ととらえ、晴れの大役を務める頼宗を讃える意を込めて、「神代にもあったのであろうか、山桜を今日の葵祭の挿頭として折った例は」と紫式部は詠んでいる。

詞書に「賜ふ」という尊敬語が用いられていることから、この歌も104番同様、彰子中宮の代詠であろう。山桜と八重桜の違いこそあれ、卯月（旧暦四月）に桜が咲いているのは、極めて珍しい。歌の配列からしても、諸注の多くは、104番がこの105番と同年の寛弘四年の四月に詠まれたとすることで一致している。この場合、紫式部の初出仕を104・105番前年の寛弘三年十二月二十九日とするには、期間的に無理がある。それでは紫式部自身が出仕後四カ月に満たない新参者となってしまい、「今年の取り入れ人は今参りぞ」と主張して伊勢大輔に譲るには、説得力を欠く。後に述べるように、紫式部は出仕当初、里邸に引きこもりがちであったという状況を踏まえるならば、なおさらである。寛弘元年以前の紫式部初出仕は考慮外とすべきであるから、おのずと紫式部の初出仕は寛弘二年という結論に至る。ちなみに伊勢大輔については、『紫式部日記』寛弘五年九月十五日の条に、「大輔」の名で「容貌《かたち》など、をかしき若人」の一人に挙げられており、寛弘五年九月の時点でも出仕していたことが確認される。

以上のように紫式部の初出仕は、寛弘二年（一〇〇五）十二月二十九日と推定される。この日は二十八宿・七曜、ともに「大吉」であった（寛弘三年十二月二十九日は二十八宿・七曜がそれぞれ「大凶」「大吉」であり、この点からも寛弘二年説が支持される[4]。前月の十一月十五日に内裏が炎上し、同月二十七日には東三条院を里内裏《さとだいり》としているから、記念すべき紫式部の初出仕の場所は東三条院ということになる。この年の師走は小の月で、翌日は元旦という慌ただしい年の暮での初出仕だった。そうなった最大の原因は、紫式部本人に求められよう。おそらく出仕要請に対する決断を延ばしに延ばしていた結果、内裏炎上といった不測の事態等もあって師走を迎えるに至り、年を越しての出仕では、彰子中宮方に対して不義理になりかねないという切迫した状況となっていたと思われる。たまたま翌日の元旦は坎日《かんにち》(陰陽道で万事、凶であるとする日)で、諸行事が慎まれるという配慮もあった。しかし、それは、結果的に新参者としての紫式部自らの立場を不利にしたとも言える。こうした慌ただしい年の瀬の出仕では、周囲の女房たちも到底、紫式部を暖かく迎え入れる雰囲気ではなかったと想像されるからである。紫式部にしてみれば、むしろそういう状況下であれば、周囲の注目を浴びぬうちに、ひっそり

東三条院址

と宮仕えに慣れ親しめようという密かな期待もあったかもしれないが、少なくとも主観的には、冷たい女房たちの視線に晒《さら》され、不慣れなまま場違いな孤独をかみしめることになったと思われる。紫式部はこの日の事を、後に「いみじくも夢路に惑はれしかな」〈全くもって夢路を、さ迷う思いであったなあ〉と振り返っている。(5) この回想からは、知り合いの女房もおらず、極度の緊張を強いられた初出仕であったことが窺われる。それは勝手知ったる具平親王家では経験しなかったことだったに違いない。紫式部は、この時の思いを次のように詠んでいる。

初めて内裏わたりを見るにも、もののあはれなれば

57　身の憂《う》さは心の内に慕ひ来ていま九重ぞ思ひ乱るる

長い模索を経て新たな人生として歩み出したはずの宮仕えであったが、それは結局、それまで付いて回っていた彼女の「身の憂さ」を拭い去るものではなかった。そのことを、出仕早々に感慨深く思い知るのである。

この初出仕の印象の悪さゆえか、紫式部の宮仕えは当初から滞りがちであった。57番に続く次の一連の贈答歌はそれを物語っている。

まだ、いと初々しきさまにて、古里に帰りて後、ほのかに語らひける人に

58 閉ぢたりし岩間の氷うち解けば緒絶えの水も影見えじやは

返し

59 深山辺《みやまべ》の花吹き紛《まが》ふ谷風に結びし水も解けざらめやは

正月十日の程に「春の歌、奉れ」とありければ、まだ出で立ちもせぬ隠れ処《が》にて

60 み吉野は春の気色に霞めども結ぼほれたる雪の下草

弥生《やよひ》ばかりに、宮の弁のおもと、「いつか参り給ふ」など書きて

61 憂《う》き事を思ひ乱れて青柳《あをやぎ》のいと久しくもなりにけるかな

返し

62 つれづれとながめふる日は青柳のいとど憂き世に乱れてぞふる

かばかり、思ひ屈《くん》じぬべき身を、「いといたう、上衆《じやうず》めくかな」と、人の言ひけるを聞きて

63 わりなしや人こそ人と言はざらめ自ら身をや思ひ捨つべき

まだ宮仕えに馴れないまま里下がりした紫式部は、わずかながら親しく語り合えた同僚の女房に、「春になり、打ち解ける雰囲気の宮中になりましたならば、再び姿をお見せしないことがありましょうか」と詠んでいる(58)。これに対する返歌は、彰子中宮サロンの雰囲

気を春の「深山辺の花吹き紛ふ谷風」に譬《たと》えたもので、そこには早く宮仕えに馴れてほしいと願う同僚としての優しさが滲《にじ》み出ている（59）。しかし「まだ出で立ちもせぬ隠れ処にて」とあるように、里邸に引きこもったまま、正月十日頃に「春の歌をお詠み申せ」との彰子中宮方からの要請にも、「中宮様の御前は春めいて霞んでおりますが、私は雪に埋もれた下草のように心が晴れない状態でおります」と応えている（60）。さらに、こうした里居の期間が長かったためか、三月頃になって、今度は中宮付きの女房である「宮の弁のおもと」から、「いつ参内なさるの」と催促されている。その手紙に添えられた歌には、「宮仕えの辛い事を（あなたが）あれこれお悩みのうちに、お顔を見ない日が随分と長く経ってしまったことです」とある（61）。ちなみに同月四日には、東三条院で花宴《はなのえん》が催されている。『源氏物語』の巻名ともなっている花宴は、天延二年（九七四）以来、実に三十二年ぶりに復活した雅《みやび》な行事である。増築を終えた一条院への遷御《せんぎょ》（天皇等が居所を変えること）に伴い、里内裏として東三条院での名残を惜しむためであった。この儀には父為時も文人の一人として列席し、漢詩を献じている。しかし紫式部はこの日、「弥生ばかりに」とある「宮の弁のおもと」の催促の時期から推測して、里邸に引きこもっていたのではないかと思われる。慌ただしかった初出仕での体験に懲りて、遷御に伴う混乱を避けようとする意図も、おそらくあったであろう。

このように頑《かたく》なな紫式部の態度は、同僚の女房たちの反発を募らせたようだ。里下がりの長さは、彼女たちの目には、いかにも不承不承の出仕と映り、それは何より彼女たちのプライドを損なうものであった。「いといたう、上衆めくかな（＝随分とお高く止まっていること）」という陰口が紫式部の耳にも届くようになったとある（63の詞書）。元来、評判の物語作者として鳴り物入りでの宮仕えだっただけに、紫式部の動向に対しては周囲の者も過敏になっていたらしい。同僚の女房たちが抱いていた紫式部への印象は、次のように険悪なものであったことが、後に述懐されている。

いと艶《えん》に恥づかしく、人見えにくげに、そばそばしき様《さま》して、物語好み、よしめき、歌がちに、人を人とも思はず、ねたげに見落とさむ者となむ、皆、人々言ひ、思ひつつ憎みしを、……。

（『紫式部日記』）

〈大層、気取っていて気が張り、とっつきにくげに疎遠な風で、物語を好み、上品ぶり、何かと歌を詠みがちで、他人を馬鹿にし、妬《ねた》ましげに見下す者と、誰も言い、思っては憎んでいたが〉

紫式部当人は「かばかり、思ひ屈じぬべき身」（63の詞書）で「いとど憂き世に乱れてぞふる」（62）といった状況にあったにもかかわらずである。そうしたやり切れなさからか、紫式部は「どうしようもない。人は私を一人前と決して言わないであろうが、どうして自分で自分を見捨てることができようか」(63)と、ある種の開き直りでもって応じている。しかしながら、こうした敵意を抱く女房が多い中にあって、やがて紫式部に好意を寄せる者も現れている。

薬玉《くすだま》おこすとて

64　忍びつるねぞあらはるるあやめ草言はぬに朽ちて止みぬべければ

返し

65　今日はかく引きけるものをあやめ草わがみ隠れに濡れわたりつる

五月五日の節句の折、同僚の女房の一人から薬玉と一緒に、「今まで隠しておりましたが、この日にちなんで、あなたへの好意を言葉に出します。このままでは、それを言わないまま終わってしまいそうなので」といった歌が里邸に贈られている。この歌に象徴されるように、徐々に周囲も紫式部に対して軟化した態度を取っていったようである。そしてそれに伴い、出仕への強い抵抗感も当初ほどではなくなり、参内する日数も少しずつ増えていったと思われる。『紫式部日記』には、宮仕えにおける彼女の処世術とも言うべき同僚に対する一般的な接し方が語られている。

人の中に交じりては、言はまほしき事も侍れど、……物もどきうちし、我はと思へる人の前にては、うるさければ、物言ふ事も、物憂《う》く侍り。……ほけ痴《し》れたる人に、いとどなり果てて侍れば……。

宮仕えで人と付き合う上においては、言いたい事もあるが、何かと文句をつけて、我こそはと思っている人の前では、弁解するのも面倒なので、すっかりボケて何も分からない人のように振る舞っていたとある。元来、漢文の素養をひけらかすような行為は極力、控え、最も簡単な漢字の「一といふ文字」でさえ書くまいとした紫式部である（『紫式部日記』）。周囲の軟化は、そうした常日頃の心配りが浸透した結果でもあったろう。最終的には、あれほど悪かった彼女の印象も、「見るには、あやしきまで、おいらかに、異人《ことひと》かとなむ覚ゆる（＝実際、付き合ってみると、不思議なまでおっとりとしていて、別人かとまで思われる）」（同）とまで、誰も口にするようになっている。(6)

しかし、それだけではあるまい。やはり彰子中宮の女房として、彼女に与えられた使命を最低限、果たそうとする姿勢が見られ、またそれを実際、果たしたからであろう。その使命とは、物語の執筆にほかならない。異様とも言える里下がりの長さも、そうした一般的な宮仕えとは異なる、彼女のみに期待された役割があったからこそ可能だったと考えられる。具平親王家ゆかりの新参者である紫式部にとって、物語作者としてのアピールこそが、彰子中宮はもとより、女房たちの信頼を勝ち得る最短の道であった。帚木三帖に続く物語の執筆——覚悟の上とは言え、紫式部はこの新たな目標に向かって、初出仕以降、精進しなければならない環境に追い込まれていたのである。

12 「桐壺」巻の誕生

新たな物語への模索は、「桐壺」巻の誕生となって最初に結実する。もっとも、この巻の執筆時期を寡居期の終わり、すなわち出仕を決意して以降、初出仕以前とする可能性も残されている。その場合、「桐壺」巻は初出仕の手土産として執筆されたことになる。しかし、これから入っていく宮中の世界を全く未経験のまま、そこを舞台とする物語を書くという冒険を、紫式部があえてしたであろうか。これまでの物語は、具平親王家を中心とした、自らの生活圏を基盤としている。そうした物語作りの発想を根本的に変えて、新たな長編的構想の萌芽《ほうが》も見られる光源氏の物語を、創造することができたかは、はなはだ疑問である。しかも、出仕するか否か迷いつつある心理的状態の折にである。やはり、宮仕えという新たな環境に接し、その体験を踏まえつつ、彰子中宮サロンという発表の場に、ふさわしい物語を執筆したとするのが自然であろう。

それでは、この新たな物語の誕生は、いかにして可能であったか。紫式部はその糸口を自家の栄光ある過去に求めた。

いづれの御時にか、女御《にようご》・更衣《かうい》、あまたさぶらひ給ひけるなかに、いと、やむごとなき際《きは》にはあらぬが、すぐれて、ときめき給ふありけり。（「桐壺」巻頭）

右の有名な「桐壺」巻頭等から窺われる物語の時代設定は、「いづれの御時にか」とぼやかされているものの、〝延喜《えんぎ》の治《ち》〟と称賛された醍醐天皇の御代（八九七〜九三〇在位）と言われている。『河海抄《かかいしょう》』には「いづれの御時にか」について「延喜の御時といはむとておぼめきたる也」〈延喜の御代と言おうとして、ぼやかしているのである〉とある。醍醐天皇の後宮では、二十人近くの妃が寵愛《ちょうあい》を競い合い、「女御・更衣、あまたさぶらひ給ひける」状況にあっ

系図9

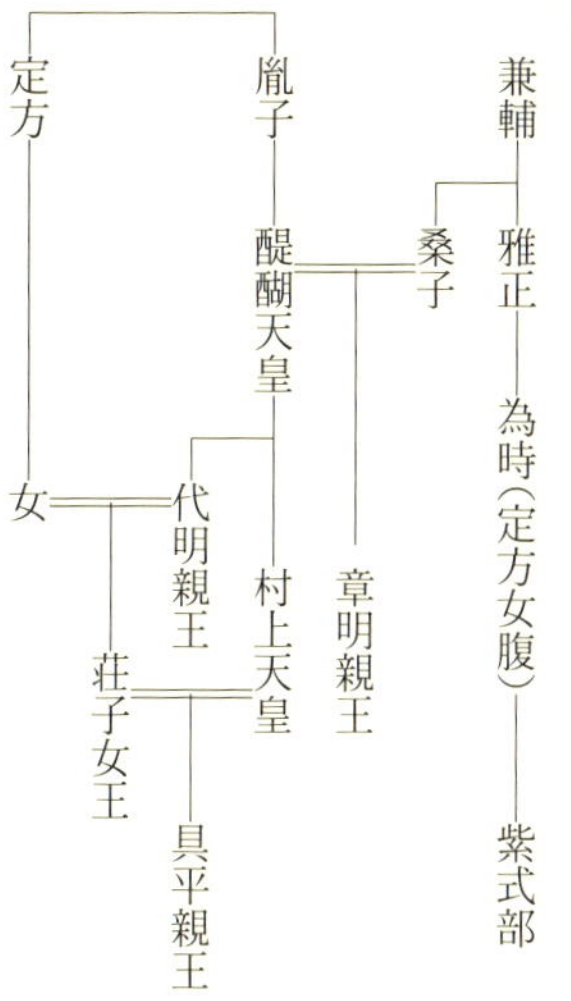

た。父方の曾祖父、堤中納言兼輔が活躍したのは、まさにこの醍醐天皇の御代である。親交の厚かった三条右大臣定方は、醍醐天皇の母方の叔父であり、この定方の庇護《ひご》の下、兼輔は女桑子を醍醐天皇の後宮に入内させ、第十三皇子である章明親王をもうけている。桑子は更衣であり、桐壺更衣のモデルにも擬せられる（第1章13頁、参照）。一方、定方女と醍醐天皇第三皇子である代明親王との間に生まれた荘子女王は村上天皇の女御となり、具平親王をもうけている。帚木三帖が、〝天暦《てんりゃく》の治《ち》〟と称された村上天皇の御代（九四六〜九六七在位）を視野に入れているのに対して、「桐壺」巻は、村上天皇の父帝である醍醐天皇の御代を前提として語られているのである。彰子中宮出仕により、これまでの具平親王家周辺の発想から物語を作る方法が困難となった今、さらなる過去の聖代にさかのぼることで、摂関家との接点を見いだしたと言えよう。

この「桐壺」巻の骨子に基づいて、紫式部は自身の過去と現在をも取り込んでいる。野分《のわき》の段——桐壺帝の命を受けて故更衣の母北の方邸を靫負命婦《ゆげいのみょうぶ》が弔問する、この巻の名場面には、幼い賢子を残したまま、夫宣孝に先立たれた未亡人の悲哀が織り込まれている。また、彰子中宮サロンにおける新参者としての孤独・憂愁は、後宮の冷たい視線と嫉妬《しっと》により、やがて死に追い込まれていく悲劇のヒロイン桐壺更衣の姿に投影されている。それは、同僚たちへのメッセージともなったであろう。

「桐壺」巻の展開方法の基盤となっている『長恨歌』を取り込む着想については、どうか。

それを知る手掛かりは『江談抄《ごうだんしょう》』から窺われる。

楊貴妃帰唐帝思　李夫人去漢皇情　対レ雨恋レ月　源順

故老云、数年作設、而待八月十五夜雨、参六条宮所作也云々。　（『江談抄』第四）

〈楊貴妃帰りて唐帝の思ひ　李夫人去りて漢皇の情　雨に対《むか》ひて月を恋ふ　源順

故老云はく、「数年、作り設け、而《しか》して八月十五夜の雨を待ち、六条宮に参りて作るところなり」と云々。〉

雨で中秋の名月が見えない今宵の気持ちは、楊貴妃亡き後の玄宗皇帝の思いや、李《り》夫人に先立たれた漢の武帝の追慕の情のようなものである。『和漢朗詠集』にも収められているこの源順《したごう》（九一一～九八三）の句は、数年前、出来ていたものを、八月十五夜が雨になるのを待って、彼が六条宮、すなわち具平親王の千種《ちぐさ》殿に参上した際、披露したとある。源順は、二十代にして『倭名類聚抄《わみょうるいじゅしょう》』を著し、四十代には梨壺《なしつぼ》の五人の一人として『後撰《ごせん》和歌集』の撰者《せんじゃ》を務めた当代随一の博学な才人である。『竹取物語』等の物語作者にも擬せられている。この句が披露された年は不明ながら、九六四年生の具平親王の年齢からして、おそらく彼の晩年近くであったろう。この老学者源順と、才気溢《あふ》れる若い具平親王との、世代を越えた二人の麗しい名句誕生のエピソードは、敬意の念とともに、紫式部に強く印象づけられていたはずである。新たな物語の題材を模索するに当たって、この名句が彼女の脳裏に鮮明に浮かび上がったとしても不思議ではない。また、この句に対する紫式部の母親に関わる思い出は、それを一層、後押ししている。亡母への愛を込めた父為時の歌「亡き人の結び置きたる玉櫛笥あかぬ形見と見るぞ悲しき」は、『長恨歌』の終盤、仙界より持ち帰らせた楊貴妃の形見の品である鈿合金釵を、玄宗皇帝が手にして悲嘆する場面を想起させる（第2章20頁、参照）。里邸の片隅に置かれていたに違いない、この母の忘れ形見である櫛箱──それは、李夫人の姿を漢の武帝の眼前に浮かび上がらせた反魂香《はんごんこう》（亡者の魂を呼び起こすために、道士が焚《た》いたとされる不思議な香）のように、紫式部にとって、物心付かぬ間にこの世を去った母の幻影を垣間見させてくれたことであろう。

かくして「桐壺」巻は誕生した。初出仕以降の長い里下がりは、この執筆にも費やされていたと想像される。桐壺更衣に酷似する巻後半のヒロイン名を「藤壺」としたのは、この巻が彰子中宮サロンにおける新たな光源氏の物語である宣言にほかならない。本内裏《ほんだいり》（大内裏《だいだいり》の中の内裏）での彰子中宮の殿舎が常に藤壺であったことは、『権記』『小右記』によって、ほぼ確認される。(1) 彰子の入内時は里内裏《さとだいり》の一条院を使用していたが、翌年の長保二年（一〇〇〇）十月、本内裏へ遷御しており、その一年弱の期間、及び長保五年（一〇〇三）十月から、紫式部が初出仕した前月、寛弘二年（一〇〇五）十一月までの二年弱の期間は、本内裏が使われている。

「桐壺」巻以降、「若紫」「末摘花」巻等を、紫式部は引き続き発表していった。「桐壺」巻における新たな光源氏像は、彼を日常的世界から解き放ち、壮大な歴史ドラマの主人公への変貌を可能とした。「若紫」巻では、物語最大のヒロインに成長する若紫、並びに須磨流謫《るたく》の伏線としての明石の君の登場、そして藤壺の懐妊と、長編的構想が示されている。物語は、この長編的構想に基づいて、帚木三帖的世界をも取り込みつつ、執筆されることとなる。

宮仕えでの見聞は、物語世界を拡充する一助ともなっている。彰子中宮のもとには、「末摘花」巻で活躍する大輔《たいふ》命婦《のみょうぶ》と同名の女房が仕えていた。この女性は、もとは彰子中宮の母方の祖父源雅信《まさのぶ》家の女房（母が小輔命婦という同家の女房）で、倫子《りんし》に付き従い、やがて彰子に仕えるようになったらしい（『栄花物語』勘物《かんもつ》）。『紫式部日記』にも、その衣装を「目やすし」として一目置かれ[2]、『栄花物語』によれば、道長は彰子中宮の初めての懐妊をこの大輔命婦から聞き出している（「初花」巻）。古参の女房として倫子の信望も厚く、特に宮仕え当初、紫式部にとっても身近な人物だったと推測される。宮中の女房で、光源氏の乳母子として目端が利き、末摘花を紹介する役回りの大輔命婦の登場に際して[3]、この女房が何らかのヒントとなったことが考えられよう。また同じく「末摘花」巻において、その巻末近くには、宮中の清涼殿の女房詰所で、赤い鼻をもつ女性として「左近の命婦」「肥後の采女《うねめ》」の名が話題に挙げられている[4]。采女とは地方出身の天皇に近侍する下級女官であることから、このことも、そうした宮仕えで得た知識であった可能性がある。そうであるとすれば、赤い鼻の女君という末摘花の着想は、宮仕えによって生まれたとも言える。この他、「紅葉賀」巻で登場する好色な老女官源 典 侍《げんのないしのすけ》の着想も、その一例に加えられよう。

こうした巻々の執筆により、紫式部は宮仕えにおける自らの居場所を次第に確保していった。薬玉を贈り、彼女に好意を寄せた、先の64番歌（第11章123頁）の同僚の女房なども、そうして発表された物語に魅了された中の一人であったかもしれない。相変わらず、里下がりは多いものの、当初に比べれば、比較的安定した状態で、宮仕えを続けていったと思われる。そうした評価もあってか、初出仕から一年後の寛弘四年一月には、弟惟規《のぶのり》が六位蔵人《くろうど》に任ぜられている。(5) 紫式部が身内の人事に並々ならぬ関心を抱いていたことは、後の寛弘五年十月、若宮の家司《けいし》等の人事に関与できなかったことに対して、「かねても聞かで、妬《ねた》きこと多かり」（『紫式部日記』）という無念な思いからも知られる。今回の蔵人任命は、さぞや紫式部にとって、宮仕えを続ける励みとなったことであろう。この人事より三カ月後、伊勢大輔に献詠を譲った、かの八重桜の歌の一件からは、先輩としての余裕さえ感じられる。その場では紫式部自身も彰子中宮の代詠をしており（第11章116頁の104番）、彰子中宮のもとで一定の役割を果たしていたことが窺われる。

しかし、宮中という緊張感を強いられる場・同僚たちとの軋轢《あつれき》・物語の執筆のノルマ等、多くのストレスを伴う宮仕えに、紫式部が完全に適応できていたわけではない。寛弘四年八月に詠まれた次の贈答歌から(6)は、そうした彼女の宮中でのひとこまが垣間見られる。

相撲《すまひ》、御覧ずる日、内裏《うち》にて

121 たづきなき旅の空なるすまひをば雨もよに訪ふ人もあらじな

返し

122 いどむ人あまた聞こゆる百敷《ももしき》のすまひ憂《う》しとは思ひ知るやは

雨降りて、その日は御覧とどまりにけり。あいなの公事《おほやけごと》どもや。

宮中で行われる予定であった臨時相撲が雨で延期となった夜、紫式部は、よるべなき旅先の力士に我が身をなぞらえて、同僚の友人に「この雨の夜に、よもや私の局《つぼね》を訪れる人もありますまい」と無聊《ぶりょう》をかこちつつ、誘《いざな》っている。これに対して友人は、「張り合う人が多いとの聞こえが高い宮中での生活は、住み辛いものであると思い知ったことでしょう」と、宮仕えを厭《いと》う紫式部の心情を充分に汲んだ返歌で応えている。紫式部がこうした心情を常に抱きながらも宮仕えを続けられたのは、物語の執筆ゆえに里下がりの自由が大幅に保障されていたところが大きかったからではなかろうか。その生活パターンは具平親王家に出入りしていた結婚前の頃に通ずるところがあって、紫式部にとって馴染《なじ》みやすかったのが幸いしたとも言える。

このように宮仕えに励みながらも、一定の距離を保ち続けることで、ある意味で自らの精神的均衡を図っていた紫式部であったが、初出仕から丸三年を経過した段階で、こうしたスタンスを崩す一つの転機となる出来事が起こる。彰子中宮の懐妊である。この慶事により、にわかに周囲は慌ただしくなり、女房の一人として紫式部も、彰子中宮とのさらなる密接な関係を築いていくことになる。

13　土御門邸行啓

寛弘五年（一〇〇八）一月、彰子中宮の懐妊が明らかとなる（『栄花物語』「初花」巻）。十二才の若さで入内《じゅだい》して以来、八年を経ての慶事であった。この懐妊は中宮と紫式部の距離に変化をもたらしている。

宮の、御前《おまへ》にて、文集《もんじふ》の所々読ませ給ひなどして、さるさまの事、知ろし召さまほしげに思《おぼ》いたりしかば、いと忍びて、人のさぶらはぬものの暇々に、一昨年《をととし》の夏頃より、楽府《がふ》といふ書《ふみ》二巻をぞ、しどけなながら教へたて聞こえさせて侍る。隠し侍り、宮も忍びさせ給ひしかど、殿（＝道長）も主上《うち》（＝一条帝）も気色を知らせ給ひて、御書どもを、めでたう書かせ給ひてぞ、殿は奉らせ給ふ。（『紫式部日記』）

〈中宮様が御前で、『白氏文集』の所々をお読みなさられなどして、そのような方面の事をお知りになられたげに、お思いになっていたので、大層こっそりと、女房が仕えていない合間・合間に、一昨年の夏頃より、「楽府」という書物二巻を、正式でないながら、ご教授申し上げております。（その事を）隠していますし、中宮様も内密になさられたけれど、道長様も帝も、その気配をお察しになられて、漢籍の類を立派に書写させなさって、道長様は献上なさられる。〉

同年夏頃より、紫式部は彰子中宮に白楽天の「楽府」二巻（『白氏文集《はくしもんじゅう》』巻三・四の「新楽府」）を講じた。もともと御前で『白氏文集』を所々、お読ませしたりして、そうした方面に興味を示されていた中宮に対して、紫式部がこっそりと女房たちのいない折々を見計らって教授したのであった。この事は中宮も内密にしていたが、道長・一条帝も気づき、道長は「新楽府」等を書写させ、豪華本に仕立てて中宮に献上したとある。彰子中宮の『白氏文集』への関心の深さは、『長恨歌』を下敷きとした「桐壺」巻を介してであったかもしれない。胎教のためもあったろうか、「楽府」進講は、道長や一条帝に対して女房としての紫式部の評価を高めたに違いない。また、彰子中宮との一対一での時間は、十三才年下の中宮自身の人柄に直接、接する機会ともなった。この進講を通じて、紫式部は中宮の信頼を勝ち得ていき、同時に彼女への忠誠心を育んでいったと思われる。彰子中宮の人となりについて、紫式部は『紫式部日記』冒頭で次のように絶賛している。

……御前にも、近うさぶらふ人々、はかなき物語するを聞こし召しつつ、なやましうおはしますべかめるを、さりげなく、もて隠させ給へる御有様などの、いとさらなる事なれど、「憂《う》き世の慰めには、かかる御前をこそ尋ね参るべかりけれ」と、現《うつ》し心をば引き違《たが》へ、たとしへなく、よろづ忘らるるも、かつは、あやし。

そこには、女房たちの雑談に耳を傾けつつ、悪阻《つわり》の辛さをさりげなく取り繕ってじっと耐えている彰子中宮の姿が印象的に語られている。そうした中宮に接するにつけても、紫式部は「辛いこの世の慰めとして、このようなお方のところに、参内すべきであった」と、普段の思いとは裏腹に、様々な憂いも忘れてしまうのも不思議な気がするとある。

「楽府」進講を始めた頃か、寛弘五年四月十三日、彰子中宮は土御門《つちみかど》邸に退出、同月二十三日から丸一カ月、その安産を祈祷して盛大な法華三十講が営まれた。道長の演出もあって、五月五日端午の節句には、女人往生を説く提婆達多品《だいばだったぼん》が含まれる『法華経』第五巻が講ぜられている。『紫式部集』には、それを霊妙なる法華三十講の冥利《みょうり》として讃える紫式部の歌「妙《たへ》なりや今日は五月の五日とて五つの巻に合へる御法《みのり》(＝仏法)も」(66)に続いて、親しい同僚である大納言の君・小《こ》少将の君との贈答歌が残されている。そこでは悩み事などありそうもない顔立ちや容姿・年齢の大納言の君が、紫式部の内面の苦悩を代弁するかのような「憂《う》き我が身」を嘆き、また遣水《やりみず》に映る自分の姿に涙を落とすとある紫式部の歌に呼応して、

系図10

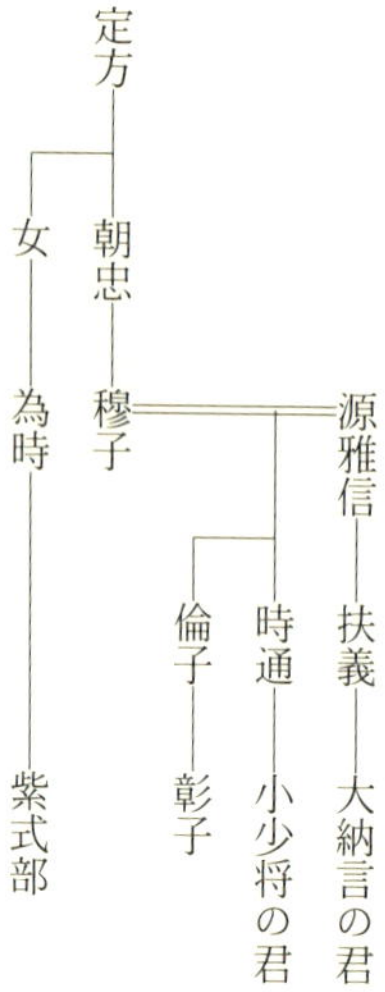

小少将の君が「憂き添はるらむ影やいづれぞ」――その遣水に映る陰鬱な姿はほかならぬ自分であると詠んでいる。この二人の上級女房大納言の君（源扶義《すけよし》の女）と小少将の君（源時通の女）は、共に倫子《りんし》の姪《めい》であり、『紫式部日記』の中にもその名が度々記されている。この二人の他にも親しい同僚の女房として宰相の君（『蜻蛉日記』の作者の一人息子大納言藤原道綱の女豊子）がいた。こうした気心を通わすことのできる上級女房たちと慰め合いながら、紫式部は彰子中宮のもとに出仕し続けていたことが窺われる。

この土御門殿での滞在期間中、道長との歌の贈答もなされている。

源氏の物語、御前にあるを、殿の御覧じて、例のすずろ言ども出できたるついでに、梅の下に敷かれたる紙に書かせ給へる、

すきものと名にし立てれば見る人の折らで過ぐるはあらじとぞ思ふ

賜《たま》はせたれば、

「人にまだ折られぬものを誰かこのすきものぞとは口ならしけむ

めざましう」と聞こゆ。

（『紫式部日記』）

『源氏物語』が中宮の御前にあったのを道長が見て、いつものように冗談を言ったついでに、梅の実の下に敷いてあった紙に「好色家（酸き物）と評判が立っているので、そなたを見て手折ることなく過ぎる男はあるまいと思う」と詠みかけた。これに対して紫式部は「人にはまだ手折られておりませんのに、誰が私を好色家などと言い慣らしたのでしょうか」と返歌し、「心外にも」と答えている。梅の実がとれる季節であるから、法華三十講を終えた五月下旬から六月初旬の頃であろう。道長の歌には、着実に進んでいた『源氏物語』執筆の功をねぎらう意も込められていたであろうが、ここで紫式部に向けられた興味は単なる冗談では済まなかったようだ。右の条に続いて、次のような贈答歌が添えられている。

渡殿《わたどの》に寝たる夜、戸を叩《たた》く人ありと聞けど、恐ろしさに、音もせで明《あ》かしたる翌朝《つとめて》、

夜もすがら水鶏《くひな》よりけになくなくぞ真木《まき》の戸口に叩きわびつる

返し、

ただならじとばかり叩く水鶏ゆゑあけてはいかに悔しからまし　（同）

土御門邸における寝所があった渡殿での事、夜、戸を叩く道長に、紫式部は恐ろしさで音を立てないよう身を潜めて一夜を明かした。翌朝、道長からの「一晩中、水鶏以上に泣いて、あなたの戸口を叩き疲れたことよ」という歌に対して、紫式部は「ただならぬ気配で戸を叩いておりましたから、開けましたなら、どんなにか悔しい思いをしたことでしょうか」とある。彰子中宮に仕えているとは言え、紫式部も所詮《しょせん》、摂関家の長にして権力の頂点に立つ道長庇《ひ》護《ご》下の一女房に過ぎない。そうした弱い立場でありながら、紫式部が拒否の姿勢を貫けたのも、宣孝死去後、再婚を潔しとしなかった儒教的貞操観に加えて、倫子が後ろ盾《だて》という大義名分があったからであろう。また親しい小少将の君が道長の愛人（『栄花物語』「初花」巻によれば大納言の君）であったことも、その一因となったかもしれない。道長との男女関係を受け入れることは、新たなストレスの火種となるだけでなく、これまでそれなりに築き上げてきた周囲との良好な信頼関係を揺るがす恐れもある。宮仕えに対する抵抗感は当初より軽減しつつあったとは言え、紫式部にとって、そうした危険を冒す心情的な余裕は、もとよりなかったと思われる。

法華三十講より約半月後の六月十四日、彰子中宮は一旦《いったん》、里内裏の一条院に還啓《かんけい》し、七月十六日には再び土御門邸へ退出した。名文としても有名な『紫式部日記』冒頭は、その土御門邸を包み込む秋の風情から語り出されている。

秋の気配、入り立つままに、土御門殿の有様、言はむ方なく、をかし。池のわたりの梢《こずゑ》ども、遣水《やりみづ》のほとりの草むら、おのがじし色付きわたりつつ、大方の空も艶《えん》なるに、もてはやされて、不断の御読経《みどきやう》の声々、あはれまさりけり。やうやう涼しき風の気配に、例の絶えせぬ水の音なひ、夜もすがら、聞きまがはさる。

〈秋の気配が深くなるにつれて、土御門邸の景色は、言いようもなく風情がある。池の周囲の木末や、遣水のほとりの草むらは、それぞれ一面、色付きながら、あたり一帯の空もうっとりする程、美しいのに引き立てられて、絶えせぬ御読経の声が一層しみじみと聞こえてくる。次第に涼しい風が吹くようになると、いつもの絶え間ない遣水の音が、夜中（読経の声と）混じって聞こえる。〉

これより二カ月弱後の九月十一日、待望の若宮敦成《あつひら》親王（後の後一条天皇）が晴れて誕生、『紫式部日記』には、二日前の九月九日の重陽の節句頃から、その詳細が語られている。この後、九月十三日・十五日・十七日・十九日と、それぞれ三・五・七・九夜の産養《うぶやしない》（親族・縁者から産屋に衣服・餅などを贈り、賀宴を開いて祝う行事）が催され、十月十六日には、若宮と対面するべく、一条帝の土御門邸行幸《ぎょうこう》もなされた。しかし、こうした主家の繁栄ぶりを目の当たりにするにつけても、紫式部の心は周囲の華やかさとは対極の方向に向かわざるをえない。

水鳥を水の上とやよそに見む我も浮きたる世を過ぐしつつ

（『紫式部日記』）

行幸を間近に控え、一層美しく整備された土御門邸において、夜明け時、池の水鳥を見て詠まれた右の歌は、彼女のそうした心境をよく物語っている。一見、物思いもなかりげに水の上で遊ぶ水鳥、その姿は周囲に流され、浮ついた日々を送る自らにほかなるまい――この独詠からは、彰子中宮のもとに出仕して三年近くなるにもかかわらず、未だ自らの生き方に確固たる方向性を見いだせず苦悩する紫式部の姿が彷彿《ほうふつ》とする。この歌の条の直前には、具平親王家の件

土御門邸跡とされる仙洞御所の南池

で道長から相談事があったことが記されている。その相談事とは、道長の嫡男頼通と具平親王の女隆姫との縁談の橋渡し役を紫式部に求めるものであった（第4章34頁、参照）。しかし、この時点に至っても「そなたの心寄せある人（＝具平親王家側からひいきのある者）」として見なされていたことは、紫式部にすれば心中、複雑な思いがあった。道長の依頼に対して「まことに心のうちは思ひゐたる事、多かり」とある。水鳥の歌には、そうした彼女の屈折した心情も微妙に反映していたかと思われる。行幸当日では、一条天皇の御輿《みこし》を舁《か》く駕輿丁《かよちょう》が苦しそうに階段の上でうつぶしている姿に目を留め、そこに自らを重ね合わせている（『紫式部日記』[1]）。これも絢爛《けんらん》たる土御門邸によって一層鮮明にされた、常に内在する自己の憂愁ゆえであろう。

十一月一日、敦成親王の五十日《いか》の儀が盛大に催された。その祝宴の際、紫式部のもとを藤原公任《きんとう》が訪ねている。

> 左衛門の督《かみ》（＝公任）、「あな、かしこ。このわたりに、若紫やさぶらふ」と、うかがひ給ふ。「源氏に似るべき人も見え給はぬに、かの上は、まいて、いかでものし給はむ」と、聞き居たり。
> （『紫式部日記』）

酔いに任せて公任は「このあたりに若紫はおりませんか」と言葉を懸けた。この冗談に対して「源氏に似ていそうな人もお見かけしないのに、かの紫の上は、ましてどうしていらっしゃいましょうか」と紫式部当人は聞き流したとある。この紫式部を若紫に見立てた公任の言葉によって、紫式部という呼称が広まったとも言われている。公任（九六六〜一〇四一）は太政大臣頼忠の嫡男で、漢詩・管弦・和歌、いずれの道にも秀で、〝三船《さんせん》の才〟（『大鏡』）と讃えられた一条朝を代表する教養人である。『和漢朗詠集』の撰者《せんじゃ》、有職故実《ゆうそくこじつ》書『北山抄《ほくざんしょう》』等の著者としても知られている。二才年上の具平親王とは従兄弟に当たり（公任の母厳子《げんし》女王は荘子女王の姉）、紫式部の亡伯父為頼と共に懇意な関係にあった。また為時とは長保五年（一〇〇三）頃から道長邸の詩会や歌会で、しばしば同席している。(2) 父頼忠が関白職にあった花山朝政権に対しては思い入れも深く、花山天皇の寵臣《ちょうしん》の一人であった為時にも親近感を抱いていたと思われる。そうした繋《つな》がりから、『源氏物語』の作者として敬意を表しつつ、紫式部に気安く声を懸けたのであろう。ともあれ、この一件から当代の歌壇の権威にまで読

系図11

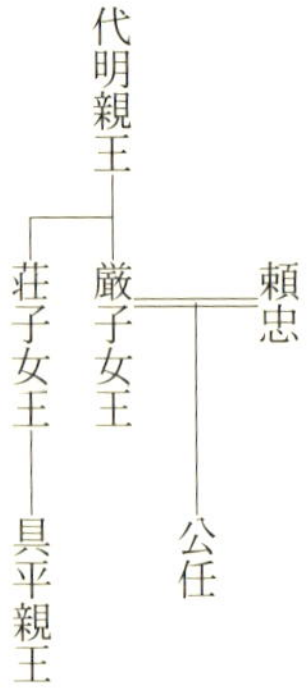

まれる程、『源氏物語』の評判は高まっていたことが知られる。傍線部のように若紫を紫式部自身、「かの上」と呼んでいることから、この時点で少なくとも若紫が「上」と呼ばれる、「薄雲」巻あたりまでは執筆されており、彰子中宮サロンで発表された巻々が既に長編物語としての体裁を整えつつあった状況が窺われる。そしてその努力は、この五十日の祝宴から期を移さず同月、御冊子《みそうし》作り、すなわち彰子中宮の御前における『源氏物語』の豪華清書本の制作という形で結実するに至る。

14 御冊子作り

『紫式部日記』寛弘五年十一月の条には、五十日の祝宴に続いて御冊子作りの様子が次のように記されている。

(内裏へ)入らせ給ふべき事も近うなりぬれど、人々は、うち次ぎつつ心のどかならぬに、御前には、御冊子《みさうし》つくり営ませ給ふとて、明けたてば、まづ向かひさぶらひて、色々の紙、選《え》り整へて、物語の本ども添へつつ、所々に文書き配る。かつは綴《と》ぢ集めしたたむるを役にて、明かし暮らす。「なぞの子持ちか、冷たきに、かかるわざは、せさせ給ふ」と(道長様は中宮様に)聞こえ給ふものから、よき薄様《うすやう》ども、筆・墨など、持て参り給ひつつ、御硯《すずり》をさへ持て参り給へれば、(中宮様が私に)取らせ給へるを、惜しみののしりて、「物の奥《く》にて、向かひさぶらひて、かかるわざし出づ」とさいなむ。されど、よきつぎ・墨・筆など、賜《たま》はせたり。

〈（宮中へ）お入りになる御予定も近くなったけれど、女房たちは次々と（行事が）続いて気が休まらない上に、中宮様の御前においては、御冊子（＝巻物に対する綴本《とじほん》〔紙を折り重ねて綴じた本〕）を作るのに専心されるというので、夜が明けるとすぐに、（私は）まず（中宮様に）差し向かいでお仕えして、様々な色の紙を選び整えて、物語の元本を（それに）添えては、あちこちに（書写依頼の）手紙を書いて配る。一方では（そうして清書されてきたものを）綴じ集めて整理するのを仕事として、一日中、過ごす。「どういう子持ちが、冷たいのに、このような事を、なさられるのか」と（道長様は中宮様に）申し上げなさるものの、上等な薄様の紙の類や、筆・墨などを持参なさっては、御硯までも持参なさったので、（中宮様が私にそれを）下されたところ、（道長様は）惜しがり騒いで、「奥の方で、お仕えして、こんな仕事をしでかす」と責め立てる。しかしながら、上等なつぎ（＝墨挟み？）・墨・筆など、お与えになられる。〉

御冊子作りは、十一月一日の五十日の儀が終わったのも束の間、同月十七日予定の彰子中宮の内裏還啓《かんけい》を控えるという慌ただしい日程のもと、土御門邸における彰子中宮の御前で営まれた。料紙の選定から元本書写の依頼、製本に至るまで、紫式部が陣頭指揮に当たったその一連の作業は、そうした状況を反映してか、連日、明け方から始まり、一日中行われている。このような様子を見て、道長は「どういった産後の方が寒い時期に、こうしたことをなさるのか」と彰子中宮の安否を気遣いながらも、上質の薄様の紙や筆・墨を始め、硯まで提供し、この御冊子作りに協力したとある。傍線部「物語の本ども」とは、『源氏物語』の巻々の元本にほかなるまい。出仕以降、執筆し続けた紫式部の努力は、ここに結実することとなる。長い里下がりを終えた彰子中宮の内裏還啓に際して、一条帝への贈物として、『源氏物語』の豪華清書本の制作がなされたのである。彰子中宮御前で女房たちが一丸となって取り組んだ、この御冊子作りは、彼女にとって最大の晴れ舞台でもあったろう。

それでは、このようにしてまとめられた『源氏物語』は、どの巻々までであったか。五十日の祝宴において、藤原公任が紫式部に戯れかけた一件からは、少なくとも「若紫」巻以降、藤壺が死去する「薄雲」巻あたりまで執筆されていたことが窺われる（第13章145頁、参照）。一方、豪華清書本としてまとめられた以上、ひとつの物語としての体裁が保たれていたことが予想される。彰子中宮の初皇子誕生後、初めての内裏還啓という慶事に関わる御冊子作りであることも考慮するならば、明石の姫君が東宮に入内し、光源氏が准太上天皇《じゅんだいじょう》となる等、大団円を迎える「藤裏葉《ふじのうらば》」巻までの巻々が完成されていたと見なすのが妥当であろう。

この推定は、断片的ながら窺われる『源氏物語』の執筆状況とも矛盾しない。御冊子作りが営まれた約三カ月前の『紫式部日記』寛弘五年八月二十六日の条には、土御門邸で行われた薫物配《たきものくば》りについて次のように記されている。

　二十六日、御薫物あはせ果てて、人々にも配らせ給ふ。まろがしゐたる人々、あまた集ひゐたり。

薫物の調合が終わった後、薫物の一部は女房たちにも配られ、練《ね》り香を丸めた女房たちは多く集まったとある。この薫物配りから連想されるのは、「藤裏葉」巻の前巻「梅枝《うめがえ》」における薫物調合の場面、そしてその後に行われた薫物競べ（各自が持ち寄った練り香の優劣を競う遊び）である。これらは「梅枝」巻前半のハイライトであり、その巻名は、薫物競べの後宴で謡われた催馬楽《さいばら》「梅枝」による。紫式部が垣間見たと思われる彰子中宮サロンにおける最高水準の薫物調合は、「梅枝」巻の薫物競べの発想や薫物に関する描写に何らかの影響をもたらしたことが考えられよう[1]。

さらに、この薫物配りの二カ月弱後の十月十六日における一条帝の土御門邸行幸《ぎょうこう》は、「藤裏葉」巻との関連が指摘されている[2]。「藤裏葉」巻を締めくくる盛儀を冷泉帝・朱雀院の六条院行幸とする発想的基盤に、『紫式部日記』にも詳細に記されている土御門邸行幸があったと見なすことは可能であろう。土御門邸行幸は、九月二十五日の段階で決定している（『御堂関白記』）。したがって、もし関連があるとするならば、この九月二十五日以降、御冊子作りに先立つ十一月一日の五十日の祝い以前の約一カ月余りの間に、「藤裏葉」巻が執筆された可能性が高い。

こうした一致は、彰子中宮の内裏還啓の日に向けて執筆した結果ではないかと推測される。具体的には、来るべき事態に備えて日々、彰子中宮サロンで執筆した「桐壺」「若紫」巻以降の長編系物語に一応の完成のメドをつけるべく、執筆に励んでいたと思われる。その際、物語の展開を現実の土御門邸での出来事とオーバーラップさせつつ、積極的に取り込んだ結果が、「梅枝」巻の薫物合せであり、「藤裏葉」巻の六条院行幸であったのではなかろうか。一条帝への献上本となる名誉は、紫式部自身、物語の展開が大団円に近づくにつれて一層強く意識せざるを得なかっただろう。物語の一応の区切りとなる「藤裏葉」巻を六条院行幸で閉じたことは、一条帝の土御門邸行幸を意識した最高の演出であったとも言えよう。

以上のように寛弘五年十一月の御冊子作りの時点では、「藤裏葉」巻までの巻々が執筆されていたと推定される。それでは「藤裏葉」巻までのすべての巻々が、この中に含まれていたのであろうか。この点に関して従来、須磨流謫後の後日談である「蓬生《よもぎう》」「関屋《せきや》」巻、及び玉鬘《たまかずら》十帖の十二帖は、執筆順序に疑問が提示されている。(3) この十二帖の巻々に関しては、次の**表1**の通り、帚木三帖同様、前巻との接続の悪さが顕著である。すなわち、「蓬生」「関屋」巻の前巻「澪標《みおつくし》」巻末（前斎宮入内を歓迎する藤壺の意向）に直結するのは、この両巻を隔てた「絵合」巻頭（前斎宮の入内）であり、玉鬘十帖の前巻「乙女」巻末（明石の君の六条院移住）に結び付くのは、玉鬘十帖を隔てた「梅枝」巻頭（明石の姫君の裳着《もぎ》の準備）である。(4)

郵 便 は が き

料金受取人払

神田局承認

4754

差出有効期間
平成17年8月
19日まで

101-8791

004

東京都千代田区猿楽町2-2-5

笠 間 書 院

営業部行

■注文書 お近くに書店がない場合は、直接小社へお申し込み下さい。送料は380円になります。
宅配便にてお手配しますので、お電話番号は必ずご記入ください

書名	部数
書名	部数
書名	部数

お名前

〒
ご住所

☎ （ ）

＊電話番号をご記入下さい。

ご愛読ありがとうございます

お名前　　　　　　　　　　　　　　　　　　　　（　　歳）

（ご職業　　　　　　　　）

〒

ご住所

☎　　（　　）

E-mail

この本の書名

ご感想・ご希望他、お読みになりたい新しい企画などをお聞かせ下さい。
ホームページなどに掲載させていただく場合があります。
（諾・否・匿名ならよい）

■この書籍をどこでお知りになりましたか。

1．書店で（書店名　　　　　　　　）
2．広告をみて（新聞・雑誌名　　　　　　　　）
3．書評をみて（新聞・雑誌名　　　　　　　　）
4．インターネットで（サイト名　　　　　　　　）
5．当社目録・ＰＲ誌でみて
6．知人から聞いて
7．その他（　　　　　　　　）

■小社ＰＲ誌「リポート笠間」（年一回発行）　いる・いらない

表1

2〜4 帚木三帖
1「桐壺」
5「若紫」
6「末摘花」
7「紅葉賀」
8「花宴」
9「葵」
10「賢木」
11「花散里」
12「須磨」
13「明石」
14「澪標」
↓　15「蓬生」？　16「関屋」？
17「絵合」
18「松風」
19「薄雲」
20「朝顔」
21「乙女」
↓　22〜31 玉鬘十帖？
32「梅枝」
33「藤裏葉」

（番号は現行巻序）

また、「蓬生」巻には人物呼称等、後巻の展開の先取りが見られ、[5]玉鬘十帖には次の①〜⑦の不自然さが指摘される。

① 玉鬘十帖第七巻「野分《のわき》」に紫の上が寝殿に住んでいる証拠があるにもかかわらず、「梅枝」巻では寝殿でなく、東の対屋にいること。

② 玉鬘十帖の前後の巻々（「朝顔」「乙女」巻と「梅枝」「藤裏葉」巻）に使用されている紫の上の呼称「対の上」が、二条院時代を回想する「玉鬘」巻冒頭の一例を除けば、玉鬘十帖に見られないこと。

③ 玉鬘十帖第三巻「胡蝶《こちょう》」に螢兵部卿宮は正妻がいないと明記されているにもかかわらず、「梅枝」巻ではその事実を否定するような不可解な記述が見られること。[6]

④　玉鬘十帖で活躍する玉鬘・鬚黒等について「梅枝」「藤裏葉」巻では全く触れられていないこと。

⑤　「梅枝」「藤裏葉」巻に影響するはずの玉鬘十帖中で起こった出来事が、何ら両巻に反映されていないこと。[7]

⑥　「若菜上」巻以降の世界に近接するのは「梅枝」「藤裏葉」巻ではなく、玉鬘十帖の世界であること。[8]

⑦　「乙女」巻において、十月に明石の君の六条院転居がなされたと明記されているのに対して、「玉鬘」巻では玉鬘が六条院入りした九月の段階において、明石の君も六条院の住人と見なされていること。

しかし、こうした現行巻序に伴う様々な矛盾点は、これらの巻々を「藤裏葉」巻以降、「若菜上」巻以前に位置づけることによって、作者のケアレスミスと解するよりほかない⑦を除き、すべて解消される。[9]⑦にしても、現行巻序の場合、前巻「乙女」で語られたことを、次巻「玉鬘」で早々に誤りを犯したこととなるのに対して、推定巻序の場合、「梅枝」「藤裏葉」「蓬生」「関屋」巻と続いた後でのミスとなり、不自然さは軽減される。御冊子に玉鬘十帖、及び「蓬生」「関屋」巻は含まれていなかったと見なすべきであり、「関屋」巻末（空蟬の突然の出家）から「玉鬘」巻（光源氏の庇護下、二条東院で暮らす尼君空蟬の点描[10]）という巻の流れも踏まえて、それを図示するならば、次の**表2**の通りとなる。

表２

	《推定巻序》	《現行巻序》
寡居期	「帚木」	「桐壺」
	「空蟬」	「帚木」
	「夕顔」	「空蟬」
御冊子作り期まで	「桐壺」	「夕顔」
	「若紫」	「若紫」
	「末摘花」	「末摘花」
	「紅葉賀」	「紅葉賀」
	「花宴」	「花宴」
	「葵」	「葵」
	「賢木」	「賢木」
	「花散里」	「花散里」
	「須磨」	「須磨」
	「明石」	「明石」
	「澪標」	「澪標」
	「絵合」	「蓬生」
	「松風」	「関屋」
	「薄雲」	「絵合」
	「朝顔」	「松風」
	「乙女」	「薄雲」
	「梅枝」	「朝顔」
	「藤裏葉」	「乙女」
	「蓬生」	玉鬘十帖
	「関屋」	「梅枝」
	玉鬘十帖	「藤裏葉」

（　　は巻序に疑問がある巻）

御冊子として制作された『源氏物語』に玉鬘十帖が含まれていなかったことは、この時点までの紫式部の執筆環境からも予想される。彰子中宮のもとに出仕して以来、御冊子作りの時点で、約三年弱を経たとは言え、未だ中宮サロンに充分に馴染《なじ》まない状況にあった（第11～13章、参照）。これに対して、玉鬘十帖は『源氏物語』の巻々の中でも一際、雅《みやび》な輝きを放つ世界である。紫の上を中心に保たれている基本的に平穏かつ、華麗な六条院世界の構築は、彰子中宮サロンにおいて、未だ自らの精神的居場所を確立しえない御冊子作り以前より、後に述べるように、その真の一員として自他共に認めるようになった御冊子作り以降がふさわしい。また、玉鬘十帖の魅力のひとつは、四季を通じての華麗な六条院の生活が詳細に描かれているところにある。「玉鬘」巻末近くで語られる衣配《きぬ》りや「初音」巻頭の船楽《ふながく》は、その代表的な例に挙げられよう。こうした描写が可能となったのは、宮仕えを通じて、紫式部が日常感覚として最高の文化を目の当たりにし続けた結果にほかなるまい。この点からも、玉鬘十帖の執筆時期は、初出仕から三年経過し、宮仕えに慣れて精神的にも余裕が生まれてくる御冊子作り以後が、それ以前より妥当である。

このように、寛弘五年十一月における御冊子作りまでの時点で、「蓬生」「関屋」巻と玉鬘十帖の十二帖を除く、「藤裏葉」巻までが執筆されていたと推定される。これらの巻々は、寡居期に執筆された帚木三帖を除けば、十八帖に及ぶ。史実との関係により御冊子の最後を飾る「梅枝」「藤裏葉」両巻は、御冊子作りに程近い時期における執筆と推定されるから、この段階に至るまで初出仕以降、少なくとも三年近くを要したことになる。十八帖中に明石の君の年齢の不審が見られたり(11)、二条東院構想から六条院構想への転換がなされるといった巻々の展開に伴う修正も(12)、こうした長期的な執筆状況を反映していると言えよう。

御冊子作り終了後、紫式部は里下がりした。大仕事を成し遂げた疲労感・緊張の余韻によるものであろう、里邸の木々に目をやるにつけても、所在無い日々の中で、物語を介して友たちと交流した寡居時代が彷彿《ほうふつ》とされ、出仕以前の自己とのあまりの境遇の違いに愕然《がくぜん》とする(第10章96頁、参照)。そして宮仕え以前の交友関係がほとんど絶えた今、里邸でさえ別世界に来たような思いが募り、物悲しく感じたとある(13)。この彼女の孤独を癒《いや》してくれたのは、意外にも宮中生活を共にする同僚たちであった。

ただ、えさらずうち語らひ、少しも心とめて思ふ、細やかに物を言ひかよふ、さしあたりて自づから睦《むつ》び語らふ人ばかりを、少しもなつかしく思ふぞ、ものはかなきや。大納言の君の、夜々は御前に、いと近う伏し給ひつつ、物語し給ひし気配の恋しきも、なほ世に従ひぬる心か。

浮き寝せし水の上のみ恋しくて鴨の上毛《うはげ》に冴《さ》えぞ劣らぬ

返し、

うち払ふ友なき頃の寝覚めにはつがひし鴛《を》鴦《し》ぞ夜《よ》半《は》に恋しき

（『紫式部日記』）

やむを得ず語り合って少し気にかけた人、細やかにあれこれと言い交わした人、当面、自然と親しく語らう人――こうした宮仕えでの同僚たちとの何げない触れ合いを、紫式部は多少なりとも慕わしく思わずにはいられない。また、夜な夜な中宮の御前間近で、大納言の君と横になって語り合ったことが恋しく思われたとある。傍線部「なほ世に従ひぬる心か」とあるように、月日の移ろいにつれて、憂いの対象でしかなかったはずの宮仕えが、いつの間にか切っても切れない自らの生活の一部となっていたことに気づかされるのである。「共に仮寝した中宮様の御前ばかりが恋しくて、里居の身の冷たさは霜の置く鴨の上毛にさえ劣りません」――大納言の君に贈ったこの歌は、紫式部にとって里邸さえも自らの居場所ではなくなったことを物語っている。その大納言の返歌は「霜を払い合う友のいないこの頃の夜半の寝覚め時は、つがいのオシドリのように、あなたが恋しいことです」とあり、紫式部の寂寥感に呼応するものであった。それは宮仕えを通じて知り得た、かけがえのない友がいることを、改めて紫式部に実感させたことであろう。

こうした紫式部の思いに一層の拍車をかけたのが、彼女の早々の帰参を促す彰子中宮側の熱意ある対応である。大納言の君との贈答歌の条に続いて、次にように紫式部帰参のいきさつが語られている。

……「雪を御覧じて、折しもまかでたる事をなむ、いみじく憎ませ給ふ」と、人々も宣《のたま》へり。殿の上の御消息《せうそこ》には、「まろが止どめし旅なれば、ことさらに『急ぎまかでて、とく参らむ』とありしも空言にて、ほど経るなめり」と、宣はせたれば、戯《たはぶ》れにても、さ聞こえさせ、賜《たま》はせし事なれば、かたじけなくて参りぬ。（同）

女房たちは、土御門邸での雪景色を見ることなく里下がりした紫式部に対して、「いみじく憎ませ給ふ」とある彰子中宮の反応を伝えている。さらに倫子《りんし》からも、お手紙に「わたしが止どめた里下がりであるので、わざわざ『急いで退出して、すぐに帰参します』と言ったのも偽りで、しばらく経ったようです」というお言葉があった。これに対して紫式部は、たとえ冗談であっても、そのように申し上げ、御許可された事なので、申し訳なくて参上したとある。この早々の出仕を促す背景には、彰子中宮の内裏還啓の期日が目前に迫っているという事情があった。もし紫式部がこの内裏還啓に同行しない事態となれば、そのまま彼女が彰子中宮のもとを辞する可能性が高いと、彰子中宮側は判断したと思われる。御冊子作りは、紫式部の出仕以降の集大成であり、物語執筆という出仕当初の目的は果たされたことにもなる。普段から宮仕えを憂えていた紫式部が、この里下がりを機にそのまま彰子中宮のもとを去る危険性を充分くみ取ったのが、おそらく「まろが止どめし旅」という倫子の言葉であり、彼女の後見人でもあったと思われる倫子は「急ぎまかでて、とく参らむ」という紫式部の言葉を信じて、今回の里下がりを許可したのであろう。

　結局、この倫子の手紙が決め手となって、紫式部は彰子中宮のもとに帰参した。そして十一月十七日、晴れて彰子中宮の内裏還啓に同行している。この里下がりを境に、宮仕えに対する紫式部の姿勢は、大きな転換点を迎えることとなる。彰子中宮の内裏還啓からわずか五日後の五節《ごせち》の舞の見物の折には、それを象徴するような出来事が起こっている。童女御覧《わらわごらん》の儀の当日、かつて弘徽殿《こきでん》女御（一条天皇女御で内大臣藤原公季女《きんすえのむすめ》の義子《ぎし》、彰子より三年前に入内）のもと、宮中で幅を利かせていた左京の君という女房が、大勢の奉仕人の中、五節の舞姫の介添えの一人として加わっていた。それを目ざとく見つけた彰子中宮方の女房たちは、すかさず一計を案ずる。すなわち、宮中に見立てたのであろう、蓬莱山《ほうらいさん》の絵が描かれた扇を選んで、それを箱の蓋《ふた》に日蔭《ひかげ》の鬘《かずら》と共に乗せ、念入りに仕立てて、左京の君に贈るという手の込んだいたずらをした。その際、紫式部は左京の君の零落ぶりを揶揄《やゆ》した次の歌を詠み、伊勢大輔に書かせて、このからかいに積極的に加担し、同僚たちと一体となって興じている。

多かりし豊《とよ》の宮人さしわきてしるき日蔭をあはれとぞ見し　（『紫式部日記』）

〈大勢いた豊明《とよのあかり》の節会《せちえ》に奉仕する宮人の中でも、際立っていた日蔭の鬘をつけたあなたを、しみじみと拝見致しました。〉

こうした紫式部の在り方は、これまで宮仕えに馴染《なじ》めぬ我が身の辛さを訴え続け、わずか二カ月程前には、池の水鳥を我が身の境遇に譬《たと》え、自らの生き方に確固たる方向性を見いだせずに苦悩していた姿（第13章142頁、参照）とは、隔世の感がある。この変貌《へんぼう》ぶりは、当人も自覚するところであった。この左京の君の一件より一カ月程後には、次のような感慨を漏らしている。

師走の二十九日に参る。初めて参りしも今宵の事ぞかし。いみじくも夢路に惑はれしかなと思ひ出づれば、こよなく立ち馴れにけるも、疎ましの身の程やと覚ゆ。

〈十二月の二十九日に（宮中へ）参上する。初めて参上したのも今宵のことであったことだ。「全くもって夢路を、さ迷い歩く思いであったなあ」と思い出すにつけ、すっかりと馴染んでしまったのも、嫌な身の上だことと思われる。〉

（『紫式部日記』寛弘五年十二月二十九日の条）

三年前、初出仕した今日のこの日を思い起こしながら、紫式部は自らを「疎ましの身の程や」と嘆きながらも、傍線部のように「こよなく立ち馴れにける」と述べている。この心理的変化は、御冊子作り、及びその直後における自己を直視した里下がりでの体験を契機として、彰子中宮サロンの一員としての自覚・自信が深まったからにほかなるまい。

『源氏物語』が一条帝への献上本とされた栄誉は、彰子中宮の女房を代表する一人であることを、対外的にもアピールした。〝日本紀《にほんぎ》の御局《みつぼね》〟とあだ名される契機ともなった、紫式部への有名な次の一条帝の賛辞も、そうした自信の裏付けとなったかと思われる。

内裏《うち》の上（＝一条帝）の、源氏の物語、人に読ませ給ひつつ、聞こし召しけるに、「この人は日本紀をこそ読みたるべけれ。まことに才あるべし」と宣《のたま》はせけるを、

（『紫式部日記』）

内裏還啓の際、彰子中宮から贈られた御冊子であろうか、一条帝は『源氏物語』を女房に読ませ、「この人は、日本紀（『日本書紀』に代表される六国史《りっこくし》の総称、もしくはその類）を読んでいるに違いない。本当に才能があるようだ」という感想を口にされたとある。

このように出仕して丸三年を経て、紫式部はこれまで以上に宮仕えに励むことになる。そしてそれは同時に、この新境地を反映した新たな『源氏物語』の巻々への第一歩ともなっていった。

15　玉鬘十帖の誕生

寛弘五年初秋から語り出された『紫式部日記』の記録は、翌年正月三日、敦成《あつひら》親王の戴《いただき》餅《もちい》の儀で途切れ、寛弘七年正月一日における彰子中宮の第二皇子敦良《あつなが》親王を加えた戴餅の儀まで一年の空白が認められる。(1)したがって、寛弘六年における紫式部の足跡を伝える資料は僅少《きんしょう》である。しかし、この空白期にも物語執筆がなされていたことは、容易に想像されるところである。少なくとも、このいずれかの期間、彰子中宮のもとに出仕せず、物語の執筆に励んでいた時期があったと思われる。『紫式部集』には、そうした里下がりを裏づけるような宰相の君との贈答歌が残されている。

五節《ごせち》の程、参らぬを、「口惜し」など、弁の宰相の君の宣《のたま》へるに

107　珍しと君し思はばきて見えむ摺《す》れる衣のほど過ぎぬとも

返し

108　さらば君山藍《やまゐ》の頃も過ぎぬとも恋しき程にきても見えなむ

（『紫式部集』）

〈五節の頃、（私が宮中に）参上しないのを、「残念だ」などと、弁の宰相の君がおっしゃったので、

107（参上しないのを）珍しいとあなた様がお思いならば、参上してお目にかかりましょう。たとえ摺り衣の（五節の）頃を過ぎようとも。（「きて」は「来て」と「着て」の掛詞。「摺れる衣」とは山藍の青汁で模様を擦《す》り込んだ衣。五節の折、舞人等が着用した。）

108それでしたならば、あなた、たとえ山藍の衣の頃を過ぎたとしても、恋しく思ううちに、来てお見えになってほしいものです。（「山藍」は「摺れる衣」に同じ）〉

例年十一月に催される五節の舞の頃、紫式部がいないのを宰相の君は残念がった。これに対して、紫式部は「珍しと……」の歌を詠んで、五節の頃を過ぎて出仕することを約束し、宰相の君も、たとえ五節の舞の頃を過ぎても恋しいから出仕するようにと返歌している。この贈答歌が詠まれたのが寛弘五年以前でないことは、例の左京の君の一件が語られる折の、次の『紫式部日記』寛弘五年十一月の条によって確認される。

五節は二十日に参る。……寅の日の朝《あした》、殿上人《てんじやうびと》参る。常の事なれど、月頃に里びにけるにや、若人たちの珍しと思へる気色なり。……若宮おはしませば、散米《うちまき》しののしる。常に異なる心地す。（『紫式部日記』）

〈五節の舞姫は二十日に参入する。……（翌日の）寅の日の朝、殿上人が参上する。いつもの事であるが、ここ数カ月（土御門邸での滞在で）、里住まいに慣れたせいか、若い女房たちが珍しいと思っている様子である。……（今年は）若宮がいらっしゃるので、散米（＝邪気払いの米撒き）をして、声を張り上げる。いつもと異なる心持ちがする。〉

右の傍線部から寛弘二年十二月の初出仕以後、毎年、五節の舞を見聞していたことが知られ、紫式部が居合わせなかったのは、寛弘六年以降のこととなる。「珍しと……」の歌は、紫式部と共に興じた去年の五節の舞の折を懐かしんだ宰相の君が、彼女の不在を残念がったことから詠まれたとするのが妥当であろう。寛弘七年正月からの記述の再開は、五節の舞の頃を過ぎて参内するとした宰相の君との約束が果たされた証左ともなる。

例年、五節の舞の頃、彰子中宮のもとで仕えていた紫式部が、この時期に出仕できなかったのは、おそらく物語の執筆が佳境に入っていたためであろう。同時期、十一月二十五日には敦良親王も誕生している。そうした重要かつ忙しい時期に、昨年の初皇子敦成親王の場合とは異なり、彰子中宮のもとを離れていたのは、女房とは言え、物語執筆を課せられた彼女の特殊な立場によるものと思われるからである。先の「珍しと……」の歌で、それ程遠からぬ時期に宰相の君との再会を期していたところから察すると、十一月の段階で既にその物語は完成のメドがつきつつある状況にあった。紫式部は寛弘六年十二月下旬までに予定していた物語を書き終え、それを手土産に、晴れて彰子中宮のもとに再出仕したと推定される。

それでは、彰子中宮の第二皇子誕生という重要な時期での出仕を免除されるほど、物語執筆が優先されていた事情には、どのような背景があったのか。前年の御冊子作りの例からして、この物語執筆も皇子誕生という慶事絡みであることは充分に考えられよう。しかし、寛弘六年十一月前後における慶事は、敦良親王誕生のみに限定されない。寛弘七年二月二十日には、彰子の同腹妹妍子《けんし》が東宮に入内している。尚侍《ないしのかみ》であった妍子が東宮居貞《いやさだ》親王（三条天皇）に参入する経緯については、『栄花物語』において次のように記されている。

督《かん》の殿（＝妍子）、東宮に参らせ給はむ事も、いと近うなりて、急ぎ立たせ給ひにたり。……かくて、中宮（＝彰子中宮）の御事の、かくおはしませば、……はかなく秋にもなりぬ。……「十一月には」と思し召したれば、いと物騒がしうて、督の殿の御参り、冬になりぬべう思し召しけり。(2)

（『栄花物語』「初花《はつはな》」巻）

〈妍子様が東宮のもとに参入なさる事も間近になって、準備をお急ぎになった。……こうして、中宮様の御懐妊が、このようにおありだったので、……いつの間にやら秋にもなった。……「十一月には（御出産）」と（道長様は）お思いになられていたので、

大層、慌ただしくて、妍子様の御参入は、冬になってしまうだろうとお考えになられた。〉

右によれば、妍子の東宮入内は早くから予定されていたが、彰子中宮の懐妊により延期され、寛弘五年十一月の出産予定に伴い、その年の冬以降に延期されることとなった。結果的に東宮入内は翌年二月に実現するものの、当初は『紫式部日記』に一年の空白が認められる寛弘六年の年内に予定されていたことが窺われる。

妍子の東宮入内は、彰子の入内に劣らず、盛儀を極めたものであった。『栄花物語』には、「中宮（＝彰子）の参らせ給ひし折こそ、輝く藤壺と世の人、申しけれ、この御参り、まねぶべき方なし」（「初花」巻）とある。長保元年（九九九）、長女彰子が一条帝に入内し、寛弘五年（一〇〇八）に敦成親王が誕生した時点で、道長にとって一門の栄華を一層盤石にするための不可欠な次なる一手は、次女妍子の東宮入内であった。一条帝譲位後を見据えたこの東宮入内が、大々的になされたのは当然と言えよう。彰子入内の際には、公任・花山院等が詠進した四尺の和歌屏風《びょうぶ》が仕立てられている（『御堂関白記』）。妍子入内の際にも、そのような一流の芸術品が添えられたことであろう。『源氏物語』の一部が、その筆頭格の品の一つとして献上されたとしても、不自然ではあるまい。

『紫式部日記』には、そうした予想を裏づける妍子と『源氏物語』の不可分な関係が、御冊子作りの条に続いて次のように語られている。

局《つぼね》に、物語の本ども、取りにやりて隠しおきたるを、御前《おまへ》にある程に、やをら（道長様が）おはしまいて、あさらせ給ひて、皆、内侍《ないし》の督《かん》の殿（＝妍子）に、奉り給ひてけり。（『紫式部日記』）

〈自室に、物語の原本を（実家から）取り寄せて隠しておいたところ、（私が）中宮様の御前にいる間に、そっと（道長様が）おいでになって、物色なさられて、（それを）すべて妍子様に献上なさってしまった。〉

紫式部が密かに自室に里邸より取り寄せておいた『源氏物語』の原本は、道長によって無断で妍子のもとに届けられたとある。このエピソードは、御冊子作り以降の新たな『源氏物語』の巻々が、妍子の東宮入内に際して献上本として選ばれるにふさわしい物語であることを示唆している。

ここで献上された巻々は、前章で述べた推定巻序からして、玉鬘十帖が妥当であろう。玉《たま》鬘《かずら》十帖が玉鬘の結婚の行方を主筋とする点も、内容的に似つかわしい。また、妍子は東宮入内時には十六才であった。彼女は『栄花物語』において、「御顔の薫り、めでたく、気高く、愛敬《あいぎやう》づきておはしますものから、花々と匂はせ給へり」（「初花」巻、寛弘五年の条）と評され

「玉鬘」巻にその名が見える大島（福岡県宗像郡）

ている。そうした若く華やかな性格の妍子にとって、華麗な王朝絵巻の枠とも言うべき玉鬘十帖は、自身の好みにも適うものであったろう。妍子の華やかなものを好む性向は、後年ながら、万寿二年（一〇二五）の妍子皇太后大饗《だいきょう》において喧伝《けんでん》された女房たちの華美な装束からも窺われるところである。普通、六枚を越えない袿《うちき》を十八枚・二十枚と着せて周囲を呆《あき》れさせ、兄の関白頼通から意見されている（『栄花物語』「若ばえ」巻）[3]。

こうした妍子との関連を踏まえるならば、玉鬘十帖は妍子の東宮入内に向けて、執筆された可能性が強い。御冊子作りの場合の二十一帖[4]には及ばないものの、玉鬘十帖が少なからぬ分量と完結性をもつのは、東宮入内を祝う妍子への献上本という、事前に設定されていた明確な目標があったからにほかなるまい。その読み切り的な完結性は、献上本という性格上、当然、前提となるであろう。また、ある程度の分量に達しえたのは、『紫式部日記』に認められる一年の空白に象徴されるように、それを可能とする時間的余裕のある執筆環境が、おそらく道長や彰子中宮の配慮のもと、確保された結果と考えられる。

御冊子作り以後、初期の傍系的ヒロインである空蟬《うつせみ》と末摘花《すえつむはな》のその後（「蓬生」「関屋」巻）を描いたのは、それによって長編物語としての体裁を一層、堅固にしつつ、新たな物語を模索する時間的猶予をもたせる意図もあったであろう。次に玉鬘十帖の執筆へと向かったのは、同じく傍系的物語に残された題材、すなわち夕顔の遺児玉鬘のその後に着目したからであるが、その再登場に当たって西国をさすらう女君という発想が生まれたのは、「姉君」と呼ぶまでに慕った女友達「筑紫《つくし》へ行《ゆ》く人の女」との青春時代の忘れ得ぬ思い出があったからにほかなるまい（第5章54頁、参照）。その着想が実現化するにおいて重要な役割を果たしているのが、帚木三帖に先行する失われた光源氏の物語のヒロインの一人に想定される、かの筑紫の五節（第10章111頁、参照）である。彼女は、もし光源氏に紫の上との間などから御子でも生まれたならば、その「思ふさまに、かしづき給ふべき人（＝思い通り大切に育てなさるべき方）」の世話役として、二条東院において活躍が期待されていた（「澪標」巻）(5)。光源氏の御子を三人とする宿曜《すくよう》の予言（同巻）(6)により、物語の構想上、夕霧・冷泉帝・明石の君以外の新たな御子の誕生はありえない。したがって、この「思ふさまに、かしづき給ふべき人」は養女となり、紫式部の念頭には、この時点で十五才という結婚適齢期に達していた玉鬘があったと考えられる。当初、玉鬘は二条東院に迎え入れられ、筑紫の五節がその世話役に当たるといった構想が描かれていたのである。しかし六条院の完成に伴い、それは実現されることなく、筑紫の五節は光源氏の回想の中に押し込められ（「乙女」巻）、物語世界から消えていく。[7] その退場と入れ変わるように登場するのが、筑紫ゆかりの女君としての玉鬘（六条院入りは当時としては、やや婚期の遅れた二十一才頃）であり、かくして玉鬘十帖は誕生した。ちなみに、十帖に及ぶこの物語挿入を容易にした大きな要因として、「乙女」巻と「梅枝《うめがえ》」巻との間に存在した丸三年の空白期間が挙げられる。この空白は、「乙女」巻末の段階で未だ七才に過ぎない明石の姫君が、裳着《もぎ》・入内《じゅだい》にふさわしい年齢に達するために設けられた最低限の必要な歳月であったが、華麗な六条院の四季と重ね合わされつつ語られる玉鬘の結婚の行方は、この空白期があってこそ可能となっている。

紫式部が古い手紙を処分したのは、玉鬘十帖完成直後と目される寛弘七年春である。

いかに、今は言忌《ことい》みし侍らじ。人、と言ふとも、かく言ふとも、ただ阿弥陀仏に、たゆみなく経を習ひ侍らむ。……年も、はた、（出家には）よき程になりもてまかる。……御文に、え書き続け侍らぬ事を、よきもあしきも、世にある事、身の上の憂へにても、残らず聞こえさせおかまほしう侍るぞかし。……この頃、反古《ほんご》も皆、破《や》り焼き失ひ、雛《ひひな》などの屋《や》作りに、この春、し侍りにし後、人の文も侍らず。紙には、わざと書かじと思ひ侍るぞ、いと、やつれたる。事わろき方には侍らず。ことさらによ。御覧じては、とう賜《たま》はらむ。……

（『紫式部日記』消息的部分の跋文《ばつぶん》）

〈何としても、もう言葉の慎みは致しますまい。人があれやこれやと言おうとも、ただ阿弥陀仏に、怠りなくお経を習いましょう。……年齢も、やはり（出家には）よい程になって参りました。……御手紙に書き続けることができません事を、よい事も悪い事も、世間に起こった事や我が身の上の悩みであっても、残らず申し上げておきたく存じますよ。……この頃は、古い手紙も全て、破ったり焼いたりして、手元に残さず、雛などの家造りに、この春、使ってしまった後は、人からの手紙もございません。よい紙には、あえて書くまいと思っておりますから、大層、質の悪い紙です。経済的に困っているからではございません。わざとですよ。ご覧になったら、早くお返し下さい。〉

玉鬘十帖の完成、それはこの時点においての物語完結を意味する。本来、大団円を迎える「藤裏葉《ふじのうらば》」巻まで書かれたところで、作者紫式部としては完結したという意識が強かったと思われる。それが十帖に及ぶ外伝を付け加えたのであるから、なおさらそうした感慨は強まったはずである。傍線部「この春に雛《ひな》遊びなどの家造りに用いた後、人からの手紙もない」から読み取られる過去と決別するような心境は、光源氏の栄華の物語を書き終えたという、この達成感・到達感から来るものが大きかったであろう。

それは同時に、これを区切りとして宮仕えに終止符を打ちたいとする思いに駆りたてるものでもあった。「今となっては言葉の慎みも致しますまい。他人がどう言おうと、ひたすら阿弥陀仏に、お経を習いましょう。出家するにもふさわしい年齢になってきました」(8)――この跋文の条を含む『紫式部日記』消息的部分の執筆は、雛の家造りとして手紙を処分した春の同年夏頃とされている(9)。彼女の出家願望には、あるいは体力的な不安も付きまとっていたかもしれない。しかし、周囲はそれを許さない状況になっていた。今回の玉鬘十帖の成功で、紫式部に寄せる彰子中宮方の信頼は一層高まり、さらなる物語執筆への期待も大きくなっていったことであろう。紫式部本人にしても、それは長く辛かった宮仕えの末に獲得したものとして、真摯《しんし》に受け止めていたはずである。当時、風流なサロンとして高く評価されていた大斎院《だいさいいん》（村上天皇第十皇女、選子《せんし》内親王。円融天皇以降、五代にわたり賀茂斎院を歴任したため、そのように称された）方との比較において、紫式部は自らの彰子中宮サロンのマイナス点を次のように分析している。

●上臈《じやうらふ》・中臈《ちうらふ》の程ぞ、あまり引き入り、上衆《ざうず》めきてのみ侍るめる。さのみして、宮の御ため、物の飾りにはあらず、見苦しと見侍り。
●いと、あえかに子めい給ふ上臈たちは、（中宮大夫《だいぶ》と）対面し給ふこと難し。
●立ち出づる人々の、事に触れつつ、この宮わたりの事、「埋《う》もれたり」など言ふべかめるも、ことわりに侍り。
（以上、『紫式部日記』消息的部分）

「上級・中級の女房は、あまりに引きこもり、上品ぶってばかりのようです。そうしてばかりでは、中宮様のために役には立たず、見苦しいと見ております」「大層、子供めいていらっしゃる上級の女房たちは、（中宮大夫様の）応対をなさることは、めったにありません」「出入りする方々が何かにつけ、この中宮方の事を、『引っ込み思案だ』などと言うようなのも、もっともです」――これらの強い口調からは、彰子中宮サロンを何とかしてもり立てていこうとする、中堅女房としての紫式部の強い自覚と自負が窺われる。それは親しい宰相の君や小少将の君[10]に代表される、お姫様育ちの上級女房たちに対して、常日頃、感じていたもどかしさから来る正直な思いでもあったろう。

ちなみに『紫式部日記』消息的部分に綴られている歯に衣着せぬ批判と言えば、次の清少納言評が有名である。

清少納言こそ、したり顔に、いみじう侍りける人。さばかり賢《さか》しだち、真名《まな》、書き散らして侍る程も、よく見れば、まだ、いと足らぬ事、多かり。かく人に異ならむと思ひ好める人は、必ず見劣りし、行く末、うたてのみ侍るは。艶《えん》になりぬる人は、いと、すごう、すずろなる折も、物のあはれに進み、をかしき事も見過ぐさぬ程に、おのづから、さるまじく、あだなるさまにも、なるに侍るべし。そのあだになりぬる人の果て、いかでかは、よく侍らむ。

〈清少納言こそ、得意顔で大層にしていた人です。あれほど賢ぶり、漢字を書き散らしておりますのも、よく見れば、まだ随分、至らない点が多くあります。このように人より目立とうと思い、好む人は、必ず見劣りし、将来は酷《ひど》いことばかりですよ。風流ぶってしまった人は、全く興ざめで、何ともない時も、何でも感動し、趣深い事を見逃さないうちに、自然と見当はずれで、誠意のないふるまいになることでしょう。その軽薄になってしまった人の最後は、どうしてよいことなどありましょうか。〉

漢籍の造詣が深く、謙退の精神を重んずる紫式部にとって、パフォーマンス好きな清少納言は、浅薄な知識を振りかざす許すべからざる存在であった。しかし、『源氏物語』と王朝女流文学の双璧《そうへき》である『枕草子』、その作者に対するこの完膚無きまでの批判は、後に紫式部の人間性までも疑わせる舌禍ともなった。この清少納言への批判に代表される『紫式部日記』消息的部分の存在は、かえって紫式部自身の印象を貶《おとし》めていると言わねばならない。

それにしても、こうした赤裸々な批評が縷々《るる》として語られている『紫式部日記』消息的部分は、そもそも誰に読まれることを前提として書かれたのか。先の跋文には「いかに、今は言忌みし侍らじ」、さらに「手紙に書けない事も、よい悪いにかかわらず、世間の出来事だろうが、一身上の悩み事であろうが、包み隠さず語りたい」とある。その批評の矛先は、同僚である新参の和泉式部（寛弘六年春頃、出仕か）や倫子付き古参の赤染衛門《あかぞめえもん》の歌人としての評価にまで及んでいる。[11] ここまで紫式部が胸中をさらけ出せたのはなぜか。漢文の素養をひけらかすような行為は極力、控え、最も簡単な漢字の「一といふ文字」でさえ、書くまいとしていた彼女がである（第11章124頁、参照）。それは一説に、この時点で十一〜十二才に成長していた愛娘《まなむすめ》賢子のためであったとも言われている。[12] 遠からず宮仕えが予想される賢子に残した心構えであったとすれば、清少納言に対する罵詈雑言《ばりぞうごん》も、女房としての生き方の指針・強い戒めとして肯首される。また少女期、漢籍の学習が遅い弟惟規《のぶのり》に対して、父為時を「おまえが男でなかったのは、我が家の不運」と常に嘆かせたという自身の才を語るエピソード（第3章30頁、参照）も、身内ならではのものとなる。もしそうであったならば、『源氏物語』中、引歌《ひきうた》として多く用いられている、かの曾祖父兼輔の代表歌「人の親の心は闇にあらねども子を思ふ道に惑ひぬるかな」――我が子ゆえ理性なき闇夜に迷う切々たる親の情愛を謳《うた》ったこの歌（第1章13頁、参照）の通り、紫式部自身もまた「心の闇」と知りつつ、「子を思ふ道」に惑ってしまったと言えようか。

結局、宮仕えに終止符を打つ決断がなされることはなかった。それは宣孝との結婚や宮仕えに至るこれまでの経緯から窺われたように、人生の局面において終始、彼女に付きまとう優柔不断なまでの慎重さゆえであったろう。しかし、このように宮仕えから退きたいとする思いを秘めながらも忠勤を励んでいた紫式部の周囲に、やがて暗雲が垂れ込めていく。一条帝の崩御・弟惟規の死去である。

16　晩期

寛弘八年（一〇一一）五月二十二日、一条帝は発病し、翌月十三日、譲位、同月二十二日、崩御した。在位二十五年、御年三十二才であった。悲しみの中、四十九日を終えた彰子中宮は、三条天皇（居貞親王《いやさだ》）即位当日の十月十六日、一条院から枇杷殿《びわどの》に退出した。『栄花物語』には、その折、彰子中宮の心情を思いやって詠まれた紫式部の歌が残されている。

御忌み果てて、宮（＝彰子中宮）には、枇杷殿へ渡らせ給ふ折、藤《とう》式部、
　ありし世は夢に見なして涙さへとまらぬ宿ぞ悲しかりける
（「岩蔭」巻）

ご在世の御代は夢であったと思うにつけても、涙が止まらないばかりか、お住まいまでお移りになり、名残を止どめないのは、何とも悲しいことでございます――この歌からは紫式部も、女房として運命共同体的にその悲しみを受け止めていたことが知れよう。

この寛弘八年は、紫式部個人にとっても不幸な年であった。二月に父為時が越後守に任ぜ

られる（『弁官補任』）と、弟惟規《のぶのり》はその後を追って越後国に赴いたが、かの地で程なく没している。その間の事情は、源経信《つねのぶ》（一〇一六～一〇九七）が著した『難後拾遺《なんごしゅうい》』から窺われる。

父のもとに越後にまかりけるに、逢坂《あふさか》の関を越えて、為善《ためよし》がもとに遣はしける

惟規

逢坂の関うち越ゆる程もなく今朝は都の人ぞ恋しき

「先づは」とこそ聞き給へしか。さては勝るらむものを。これは為善、語りしは「惟規がこの歌を詠みておこせて侍りし返事《かへりごと》を、越後に遣はしたりしに、惟規は失せて、父為時が返事を、いとあはれに書き付けてして侍りし、今に失はで侍り」とこそ申すめりしか。

（『難後拾遺』）

越後五智国分寺の三重塔（新潟県上越市）

越後国に向かった惟規は、逢坂の関

を越えた早々、源為善（?～一〇四二）のもとに、都を恋う「逢坂の関……」の歌を送った。『後拾遺集』巻第八別に載せられているこの歌について、経信は、下の句の「今朝は」は「先づは」と聞いており、またそのほうが優れているとして、『後拾遺集』本文の難を指摘している。その上で経信は、為善から直接、聞いた話として、この惟規への返歌を越後国に送ったが、既に惟規は死去しており、代わりに為時より、しみじみとした内容の手紙が送られてきたこと、その手紙は今でも残っていることを伝えている。『権記《ごんき》』六月二十五日の条に記されている一条天皇御大葬の詳細な記録には、為時・惟規親子の姿はなく、二人はそれ以前に下向していた可能性が高い。惟規は越後国に着いて程ない秋頃、没したと思われる(1)。享年三十六才と推定される。散位従五位下《じゅごいのげ》（『尊卑文脈《そんぴぶんみゃく》』）であった。

この遠国の地での客死《きゃくし》は、哀れを誘うものであった。

父の供に越《こし》の国に侍りける時、重く患ひて、京に侍りける斎院の中将がもとに遣はしける

都にも恋しき人の多かればなほこの旅は生かむとぞ思ふ　（『後拾遺集』巻第一三恋三）

都にも恋しい人が多いので、やはり今回の旅は生きて帰ろうと思う（「旅」に「度」を、「生かむ」に「行かむ」を掛ける）――この歌は、「桐壺」巻において桐壺更衣が臨終に際して詠ん

だ「限りとて別るる道の悲しきに生かまほしきは命なりけり」を連想させる。詞書によれば重病となり、都にいる恋人斎院の中将に送ったとある。『今昔物語集』には、この歌に関して、惟規が死の直前まで風流の世界に執着したエピソードが紹介されている（巻第三一「藤原惟規於越中国死語第二八[2]」）。

惟規は「極《いみじ》ク和歌ノ上手」（『今昔物語集』巻二四「藤原惟規読二和歌一被レ免語第五七」）と評され、『惟規集』（全三二首）も残している。このように和歌の方面では一定の評価を得た惟規であったが、それ以外は全く精彩を欠いていた。彼の漢詩は後世に一篇も伝えられておらず、詩会などに出席した記録もない[3]。幼少期、利発な姉紫式部とは対照的に漢籍の学習が遅く、父為時を嘆かせたエピソード（第3章30頁、参照）そのままに、官吏としては凡庸であり、加えて職務上の失敗もあった。死去三年前の寛弘五年七月十七日、出産のため前日に土御門邸へ退《たい》下《げ》した彰子中宮のもとに、惟規は一条帝からの御書を携え、勅使として参上した。この晴れ舞台で、惟規は公卿《くぎょう》たち四・五人から勧められるままに酒杯を重ね、「酔フコト泥ノ如シ」という失態を演じている（『不知記』[4]）。また同年十二月十五日、御仏名結願《ぶつみょうけちがん》の導師の弟子たちへの綿《わた》の分配方法を誤り、僧たちが綿を奪い合うという事態を招き、公卿たちに不審を抱かせている（『小右記《しょうゆうき》』[5]）。

こうした失態を、惟規の昇進を願う紫式部（第12章132頁、参照）が、どのような思いで聞いていたか想像に難くない。この寛弘五年の大晦日に起こった宮中での追いはぎ事件でも、弟の活躍を期待した紫式部を失望させている。その夜、追儺《ついな》（鬼やらい）も終わり、くつろいでいた折、彰子中宮の御前の方で、ひどい騒ぎが起こった。紫式部は中宮の身を案じて、恐ろしさをこらえ無我夢中で駆けつけたところ、衣服を奪われた裸の女房二人がうずくまったままである。中宮付きの侍臣も、滝口《たきぐち》（蔵人所に属する宮中警護の武士）も皆、退出しており、手を叩《たた》き大声を出しても、返事をする人もいない。恥も忘れて下級女官に直接、殿上《てんじょう》の間《ま》にいるはずの惟規を呼ぶよう指示するが、退出済みで用をなさなかった。ただ一人、惟規と同じ蔵人である資業《すけなり》が参上して、油を差し回っていたとある（『紫式部日記』寛弘五年十二月の条）(6)。惟規より一回り以上若い資業は、この時の活躍が功を奏してか、翌年の正月、従五位下に叙せられている。

紫式部の弟思い・干渉ぶりは、惟規の恋人で、先の「都にも恋しき人の……」歌の受け取り主でもあった斎院の中将に対する『紫式部日記』におけるコメントからも窺われる。紫式部は惟規を介してか、斎院の中将の手紙を密かに見る機会を得たが、その評価は極めて厳しい。大層気取っていて、自分だけが何事も分別し、思慮深く、何につけ世間の人はダメなように思っているようなのは、無性にむかついて憎らしく思えたとある(7)。実際、この女性は清少納言同様、紫式部が嫌った典型的なタイプの一人であったのだろう。この斎院の中将についての言及が、『紫式部日記』では大斎院サロンへの批判の口火となっている。弟の将来を案じていただけに、サポートするべき伴侶《はんりょ》としてふさわしからぬ相手として、小姑的に一層厳しい評価となったと思われる。そもそも弟の恋人に強い関心を抱くこと自体、惟規に対する思い入れの深さが知られる。帚木三帖に見られる弟小君に対する姉空蟬の強い発言力(8)はそのまま、紫式部と惟規の力関係と重ね合わされるかもしれない。

このように紫式部にとって惟規は不肖の弟であったが、為時一家の次代を担うべき彼の死が、いかに大きな精神的痛手であったかは想像に難くない。頼りないだけに可愛かった弟――幼い頃より常に叱咤激励したであろうが、その努力が徒労に終わった無力感と、過剰の期待が彼を追い詰めていたのではないかという後悔、はがゆさと哀れさが、紫式部の胸中に去来したに相違ない。

肉親の死の悲しみは、一条帝を失った彰子中宮への忠誠心を一層、募らせたことであろう。年が改まった長和元年（一〇一二）正月、紫式部は傷心の彰子中宮を励ます歌を詠んでいる。

はかなくて司召《つかさめし》の程にもなりぬれば、世には司召と、ののしるにも、中宮、世の中を思し出づる御気色なれば、藤式部、

雲の上を雲のよそにて思ひやる月は変はらず天《あめ》の下《した》にて

（『栄花物語』「日蔭《ひかげ》のかづら」巻）

司召の除目《じもく》の頃、三条天皇の新治世下、人事で慌ただしい世間をよそに、彰子中宮が一条

帝の御代を思い出している様子であった。それを察した紫式部は「宮中（「雲の上」）に外から思いを馳せてはいても、月は変わることなく、世の中を照らし続けております」と、月を彰子中宮に譬《たと》え、変わらぬ中宮の存在の大きさを強調している。

しかし彰子の悲嘆は、皇太后となった二月十四日以後、一周忌間近い五月の追善御八講後も続いた。追善御八講の翌月九日、道長は未だ傷心癒《いや》されぬ彰子皇太后を気遣い、藤原実資《さねすけ》（九五七〜一〇四六。摂関の地位に就いた祖父実頼《さねより》の養子となり、小野宮《おののみや》流を継承し、後に小野宮右大臣と称された。『小右記《しょうゆうき》』の著者）に、涙を流して次のように語ったとある。

去年、故院（＝一条帝）ニ後《おく》レ給ヒ、哀傷ノ御心、今ニ休マズ。

（『小右記』）

彰子の悲嘆ぶりを目の当たりにしていた紫式部は、彰子の心を癒すべく、『源氏物語』の執筆に励んだのではなかったか。これまで同様、巻の完成ごとに、おそらく彰子の御前で発表された『源氏物語』は、彰子の心の安定に一役買ったことであろう。

紫式部の活躍は、『源氏物語』執筆継続に止どまらない。その一方で、女房としての重責をも担うようになっていた。『小右記』長和二年五月二十五日の条には、そうした彼女の姿が垣間見られる。

資平去夜密々令参皇太后宮（＝彰子）、令啓東宮（＝敦成《あつひら》親王）御悩之間、依仮不参之由。今朝帰来云、去夕相逢女房。越後守為時女。以此女前々令啓雑事而已。彼女云、東宮御悩雖非重、猶未御尋常之内、熱気未散給。亦左府（＝道長）聊有患気者。

（『小右記』）

〈資平夜去リ密々ニ皇太后宮（＝彰子）ニ参ラシメ、東宮（＝敦成親王）ノ御悩ノ間、仮《いとま》ニ依リ不参ノ由ヲ啓セシム。今朝帰来シテ云ハク、夕去リ女房ニ相逢フト、越後守為時女。此ノ女ヲ以テ前々ヨリ雑事ヲ啓セシム。彼女云ハク、東宮ノ御悩、重キニ非ズト雖モ、猶《な》ホ未ダ尋常ノ内ニオハシマサズ、熱気未ダ散ジ給ハズ。亦《また》左府（＝道長）聊《いささ》カ患気有リト。〉

系図12

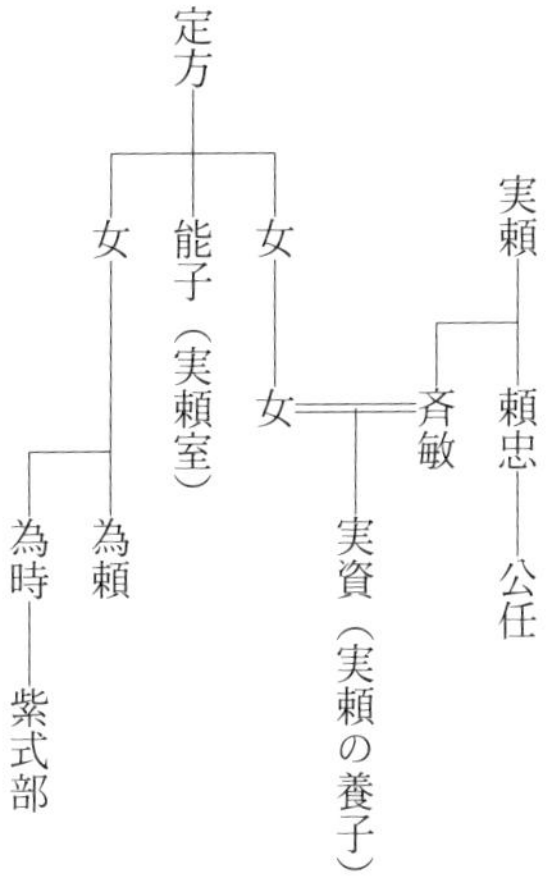

右によると、その前夜、大納言の小野宮実資が養子資平《すけひら》を密かに彰子皇太后のもとに赴かせ、東宮の病気見舞いに参上しなかった由を伝えさせた際、取り次ぎ役の女房として現れたのは、前々からそうした雑事の啓上《けいじょう》を依頼していた紫式部であった。そこで紫式部は資平に、東宮の病気は重くはないものの、まだ熱が下がらぬ状態であること、道長がいささか体調を崩していることを告げている。実資は紫式部とは再従兄弟《またいとこ》の関係にあり（母方の祖母は共に定方女）(9)、伯父為頼とも親交があった。(10)紫式部もそうした親近感からか、かねてより好印象を抱いていた。寛弘五年十一月の五十日《いか》の祝宴における実資を「人より異なり」と評し、実資が酔っていたとは言え、紫式部側から言葉をかけている（『紫式部日記』(11)）。この勧修寺流の繋《つな》がりにより、紫式部は実資担当の女房としての役目を任されるようになったと思われる。『小右記』には五月二十五日の条に続いて、同年七月五日に「相逢女房」、八月二十日にも「相遇女房」と、五月の条と同様な記述が見られ(12)、時期的にも近いことから、その取り次ぎは紫式部であったと考えてよかろう。

しかし、これ以降における彰子皇太后のもとでの紫式部の消息は定かでない。『小右記』長和二年八月二十日の条の次に記されている彰子への訪問は、翌年正月二十日の条であるが、ここでの取り次ぎ役は従来と異なる。長和一・二年の間、計九回の実資・資平の彰子訪問においては、最初に取り次ぎの女房が現れるのが常であったのに対して(13)、この日は女房ではなく道長の二男頼宗《よりむね》である。(14)また、同年十月九日においても、道長の三男能信《よしのぶ》が簾下にいた女房を呼んで伝言するという変則的な取り次ぎ方であった（『小右記』(15)）。

紫式部に何が起こったのか。それを示唆するのは、この長和三年六月における為時の突然の辞任である。任期満了を待たずして、突如、任を辞して帰京したのは、紫式部の訃報《ふほう》という、三年前の越後国赴任早々での惟規死去に引き続いての不幸ゆえと思われる。辞任が為時の身体上の理由でないのは、出家したのが翌々年の長和五年四月であることからも窺われる。

この推測を裏付けるのが、『兼盛集《かねもり》』巻末の逸名《いつめい》歌集中に残されている、次の紫式部親子の歌である。


同じ宮の藤《とう》式部、親の田舎なりけるに、「いかに」など書きたりける文を、式部の君、亡くなりて、その女（＝賢子）見侍りて、物思ひ侍りける頃、見て書き付け侍りける

憂《う》き事のまさるこの世を見じとてや空の雲とも人のなりけむ

まづ、かうかう侍りける事を怪しく、かのもとに侍りける式部の君の

雪積もる年に添へても頼むかな君を白嶺《しらね》の松に添へつつ

祖父為時が越後国に在任中、母紫式部はその健康を気遣って手紙を送った。母の死後、それを目にした賢子は、「憂き事の……」の歌をそこに書き付けたとあり、さらにその手紙に

記されていた紫式部の歌「雪積もる……」が紹介されている。この紫式部の歌が賢子の胸を突いたのは、安否を気遣った母の方が祖父より先にこの世を去ったところにある。詞書中の傍線部「かうかう侍りける事を怪しく」には、そうした運命の皮肉が読み取られる。そしてその「怪しく」は、紫式部の死去を為時の越後国在任中の事としたならば、一層説得力をもち得る。(16) 自らに残された命のわずかなことに気づかず、異国の地で過ごす高齢の為時の安否を気遣う紫式部の姿が、鮮明に浮かび上がるからである。(17)

　このように、紫式部は遅くとも長和三年正月には、彰子皇太后のもとを辞しており、同年の春頃、死去したと推測される。しかしながら、この従来の通説(18)に対して、近年、これより五年隔てた次の寛仁三年（一〇一九）正月五日の条をもって、紫式部の生存の証とする説(19)が有力視されている。(20)

参弘徽殿、相逢女房、（先以宰相令取案内）、令啓御給爵之恐。御坐枇杷殿之時、屢参入之事、于今不忘坐之由有仰事也。女房云、彼時参入、当時不参、不似世人、所恥思食也云々。

（『小右記』）

〈弘徽殿ニ参リ、女房ニ相逢ヒ、（先ニ宰相ヲ以テ案内ヲ取ラシム、）御給爵ノ恐ヲ啓セシム。枇杷殿ニ坐シマスノ時、屢《しばしば》参入ノ事、今ニ忘レズオハシマスノ由、仰セ事有ル也。女房云ハク、彼

ノ時参入シ、当時参ラズ、世ノ人ニ似ズ、恥ヂ思シメス所也ト云々。〉

実資は、彰子のいる弘徽殿に参上し、宰相（養子資平）を通して事前に連絡を取っていた女房を介して、御給のお礼を述べた。その際、彰子より「枇杷《びわ》殿にいた折に、しばしば訪問があったことは、今も忘れていません」との仰せがあった。取り次ぎの女房も「あの折はよくお見えになられたのに、この頃はお見えでなく、普通の方と違って、気恥ずかしくお思いになられている」と言ったとある。ここで実資が取り次ぎを依頼した女房を紫式部とするならば、彼女はこの時点においても彰子に仕えていたことになる。傍線部「相逢女房」は、長和二年に頻繁に見られた記述と同様であり、割注《わりちゅう》の「先以宰相令取案内」から窺われるように、この女房が実資担当であるのも、紫式部が担っていた役割である。(21) さらに、彰子の心中を察して述べた女房の言葉は、実資が頻繁に枇杷殿に出入りしていた長和一、二年頃のことを前提としており、この女房がその頃、そこに居合わせていた可能性も考えられる。(22)

しかし、右の寛仁三年正月五日の条は、あくまで多人数の中の一人に過ぎない「女房」と記されているに止まり、紫式部とする確証とは言い難い。第一に、実資程の実力者が、彰子との重要なパイプ役を紫式部以外に見いだせないとは考えにくい。紫式部が彰子皇太后のもとを辞してから寛仁三年までの五年余りの歳月は、新たな取り次ぎ役を見いだすのに充分過ぎる期間である。彰子方からしても、実資との連絡・関係が円滑であるのは望むところであったろう。寛仁三年の条における彰子の言葉には、実資への配慮が窺われる。紫式部が辞した場合、新たな女房を探す協力は惜しまなかったはずである。先に述べた長和三年正月二十日・十月九日の条に見られた従来と異なる変則的な取り次ぎ方は、そうした時間的余裕がなかったためと考えられる。それでは、彰子の心中を察して述べた女房の言葉が、過去の実資の頻繁な訪問を踏まえていることについてはどうか。この点についても、あくまで枇杷殿にいた頃、頻繁な訪問があったという彰子の言葉を踏まえてのことであり、必ずしも女房がその事実を知っていなければ口にできない内容ではない。加えて、紫式部の後任を託された女房である以上、かつて彰子のもとを頻繁に訪問する密接な関係であったという実資に関する基本的な情報は、たとえ、その場に居合わせていなかったにしても、心得ていたとするのが自然であろう。当然、枇杷殿御滞在時には仕えていた古参の女房であった可能性もある。そもそも、彰子の心中を察して述べた女房の言葉にしても、遠のきがちであった実資が、今後、少しでも気軽に訪問できるようにとの取り次ぎ役としての常識的な配慮に基づいている。一方、実資がそうした女房の言葉を特記しているのも、自らに対する彰子の評価（それは実資にとって大きな関心事である）が間接的ながらそこに示されているからにほかならない[23]。

以上に加えて、寛仁三年の条に記されている女房が紫式部でない最大の理由は、遅くとも長和三年以降、紫式部の生存を伝える確かな記録が残っていないという厳然たる事実である。『源氏物語』の作者として名声を博し、彰子からも信頼を勝ち得て、女房たちとも交友関係の深かった彼女の明らかな消息を見いだせないことは、紫式部が既に死去していた明白な事実を物語っているものではないか。

『伊勢大輔集《いせのたいふ》』には、死期間近い紫式部の姿を伝える伊勢大輔との贈答歌が収められている。

紫式部、清水に籠《こも》りたりしに参り合ひて、院（＝彰子皇太后）の御料《れう》に、もろともに御あかし奉りしを見て、樒《しきみ》の葉に書きておこせたりし

心ざし君にかかぐる灯火の同じ光に逢ふがうれしさ

返し

いにしへの契りもうれし君がため同じ光に影を並べて

松に雪の氷りたりしにつけて、同じ人（＝紫式部）

奥山の松葉に氷る雪よりも我が身世に経る程ぞはかなき

返し

消えやすき露の命に比ぶればげに滞る松の雪かな

（『伊勢大輔集』）

〈紫式部が清水寺に参籠していたときに出会って、女院の御ために、一緒に御燈明を献じたのを見て、（紫式部が）樒の葉に書いてよこしてきた（歌）。

心を込めて主君に捧げる灯火――その同じ光にあえるとは、何とうれしいことよ。
　返し
昔の宿縁もうれしいことです。主君のため、同じ光に（二人の）影を並べるにつけても。
　雪の凍った松（葉の枝）に付けて、同じ人（がよこした歌）。
奥深い山の松葉に凍っている雪よりも、我が身がこの世にとどまるのは、頼りないことです。
　返し
消えやすい露の（ような、はかない）命に比べると、まことに消え去りにくい松の雪ですこと。〉

紫式部が清水寺に籠もっていたときのことである。元同僚である伊勢大輔と出会い、彰子の祈願のために、共に御燈明《おとうみょう》を献じたのを見て、その感激の思いを「心ざし……」の歌に込めている。この時点で既に紫式部が彰子皇太后のもとを辞していたであろうことは、詞書中の傍線部「参り合ひて」、すなわち別々に参詣して出会ったことから知られる。「いにしへの契りもうれし」という伊勢大輔の返歌も、そうした事情を反映している。彰子皇太后は正月十三日より病気であった（先の『小右記』長和三年正月二十日の条）。その平癒《へいゆ》祈願のために、伊勢大輔は清水寺に詣でたのであろう。伊勢大輔は、紫式部より一年程後に彰子中宮のもとに出仕した、一回り程、年下の後輩である。彼女の代表歌「いにしへの奈良の都の八重桜けふ九重に匂ひぬるかな」は、紫式部の進言によって生まれた（第11章116頁、参照）。寛弘五年十一月の左京の君の一件でも、紫式部は左京の君を揶揄《やゆ》した自らの歌を彼女に書かせている（第14章158頁、参照）。二人の関係の深さは、惟規の越後下向に際して、伊勢大輔が詠んだ「今日やさは思ひたつらむ旅衣身にはなれねどあはれとぞ聞く」（『新勅撰集』巻八羇旅《きりょ》）からも窺われる。[24]

長年のお勤めを終えた紫式部と、これから次代を担っていく伊勢大輔——清水寺で詠まれた二人の贈答歌からは、同じ彰子皇太后への忠誠心のもと、邂逅《かいこう》した喜びが読み取れる。この偶然の出会いを紫式部は、彰子に仕え、『源氏物語』を執筆し続けた丸九年に及ぶ自らの人生の区切りとして感慨深く受け止めたことであろう。

それはまた、自らの人生終焉《しゅうえん》の予兆にも繋がっていた。この贈答歌に続く「奥山の松葉に氷る雪……」と「消えやすき露の命……」の歌は、清水寺での出会いとそれほど日数を置かない時期と思われる。紫式部は雪の氷った松葉の枝に付けて、我が身の行く末を、細い松葉に積もって氷った雪よりもはかないものと詠んでいる。宇治十帖「椎本」巻には、この「奥山の……」の歌を連想させる中の君が大君と交わした歌が見られる。

君なくて岩の懸け道絶えしより松の雪をも何とかは見る

中の宮（＝中の君）、

奥山の松葉に積もる雪とだに消えにし人を思はましかば

（「椎本」巻）

〈父君が亡くなられて、（山寺に通ずる）岩の桟道《さんどう》が絶えて以来、松の雪を（あなたは）どのように、ご覧になりますか。

中の君（の返歌）、

奥深い山の松の葉に積もる雪とだけでも、亡き父君を思うことができましたなら（どんなに慰められるかと存じます。雪ははかなく消えるとは言え、来年、また降り積もるものですから）。〉

父八の宮を亡くした大君・中の君姉妹は、宇治山荘で寂しく年の暮れを迎えることとなる。「奥山の松葉に積もる雪」に象徴される中の君の抱いた寂しく悲しい心象風景は、伊勢大輔に詠んだ「奥山の……」の歌に通じるところがある。『源氏物語』の作中歌を踏まえて、紫式部は自らの死期が近いことを悟った孤独な心境を吐露し、伊勢大輔に最後の別れを告げたのであろう。

ちなみに、晩年における紫式部の孤独の深まりは、弟惟規の死去のみではなかった。宮仕えでは同室の場合が多く、最も親交のあった小少将《こ》の君(25)も、彰子皇太后のもとを辞する以前にこの世を去っている。

小少将の君の書き給へりし打ち解け文の、物の中なるを見つけて、加賀少納言のもとに

126 暮れぬ間の身をば思はで人の世のあはれを知るぞかつは悲しき

127 誰か世に永らへて見む書き留めし跡は消えせぬ形見なれども

（『紫式部集』）

紫式部は、生前、小少将の君がよこした内輪の手紙を見つけて、同僚の女房であろう、加賀少納言のもとに、「明日の命もわからない我が身を省みず、人の世の無常を知るのは、それはそれで悲しいことであるよ」(126)と詠んだ。そして「亡き人が書き留めた筆跡は消えることのない形見ではあるが、こうして見ている私自身もまた、いずれは見れなくなることだ」とある(127)。その死の悲しみを分かち合う相手が、紫式部の親しい同僚で小少将の君の従姉妹でもある大納言の君でなかったのは、彼女も既に亡くなっていたのだろう。

17 「若菜上」巻以降の『源氏物語』

長和三年（一〇一四）春の紫式部死去――この従来の通説に基づくならば、「若菜上」巻以降の残り二十一帖は、彰子のもとを辞した長和二年秋から年末頃までに、遅くとも執筆し終えていた。『源氏物語』の擱筆《かくひつ》時期を長和二年末と仮定すると、「若菜上」巻以降の二十一帖は、寛弘六年（一〇〇九）末からの四年間に執筆されたことになる。この執筆期間は、物理的に可能であったか。この点について参考となるのは、これまでの巻々の執筆期間である。寡居時代に執筆された帚木三帖、そして御冊子作り以降の「蓬生《よもぎう》」「関屋《せきや》」巻・玉鬘《たまかずら》十帖を除く、「桐壺」巻から「藤裏葉《ふじのうらば》」巻までの計十八帖は、少なくとも三年近くを要していた（第14章、参照）。また、「蓬生」「関屋」巻・玉鬘十帖の計十二帖は、ほぼ丸一年を要したと推定される（第15章、参照）。「若菜上」巻以降の二十一帖に対して分量的にそれぞれ、「藤裏葉」巻までの十八帖は約六割、「蓬生」「関屋」巻・玉鬘十帖の十二帖は約三割である。単純に「藤裏葉」巻までの十八帖のペースで「若菜上」以降の巻々を執筆したとするならば約五年となり、一年間の超過、「蓬生」「関屋」巻・玉鬘十帖の十二帖のペースで執筆したとするならば、三年半弱で、半年程早まる。紫式部の物語作家としての円熟を考慮すれば、大局的に考えて、「若菜上」巻以降の残り二十一帖は大部ながら、四年近くの執筆期間で可能な範囲内と言えよう。

それでは、これら「若菜上」以降の巻々は、どのようにして執筆されたのであろうか。特に「若菜上」巻〜「幻」巻の八帖（通称、第二部）と、光源氏亡き後の「匂宮」巻以降の十三帖（通称、第三部・続篇）は、それぞれどのような状況・期間で執筆されたか。しかし残された資料は極めて少なく、これを断定することは困難と言わねばならない。前章で述べたように、寛弘八年（一〇一一）六月の一条帝崩御は、彰子に仕える紫式部にも環境的変化をもたらし、同年秋の惟規死去は精神的痛手を与えたはずである。そして何より一条帝の一周忌を過ぎても癒《いや》されぬ彰子の悲嘆の深さは、『源氏物語』世界を描き続ける大きな動機の一つとなったであろう。とりわけ匂宮三帖・宇治十帖（通称、第三部・続篇）は、その影響下にあったと考えられるが、それ以上の分析はし難い。ただし、四年という歳月は執筆期間として必ずしも長いと言えない。執筆していた実質の期間は、さらに限定されるであろうから、この間、それほど長期の空白を置くことなくして、コンスタントに書き続けていた状況が予想される。

執筆順序についてはどうか。「若菜上」巻〜「幻」巻の八帖おいては、現行巻序に特に問題は見られない。連続性の希薄な巻もあるが、そこには矛盾する呼称等の具体的な問題は伴わず、他の巻序の可能性を追求しても、新たな問題・矛盾が生じ、決め手を欠く。(1) しかし「匂宮」巻以降の十三帖には、考察を要する不連続な巻がある。「紅梅」「竹河」(匂宮三帖の第二・三巻)と、「早蕨」巻と「宿木」巻の間であり、それは次のように示される。

「匂宮」
「紅梅」
「竹河」
「橋姫」
「椎本」
「総角」
「早蕨」
「宿木」
「東屋」
「浮舟」
「蜻蛉」
「手習」
「夢浮橋」

「紅梅」巻の位置については、現行の巻序では次の矛盾が生じている。

① 紅梅大納言の呼称が次のように変わり、不自然さが伴う。
按察《あぜち》大納言(「紅梅」)→藤《とう》大納言(「橋姫」「椎本」)→按察大納言(「宿木」「東屋」(2))

(これに対して「紅梅」「宿木」の巻序においては、次のようになる。

藤大納言(「橋姫」「椎本」)→按察大納言(「紅梅」「宿木」「東屋」))

② 「紅梅」巻を踏まえた「かの按察の大納言……」の記述(「宿木」巻)(3) が、六巻もさかのぼったものとなる。

③ 「紅梅」巻末における八の宮の姫君への言及(4) が唐突、かつ次々巻「橋姫」以降の物語の興味を殺《そ》ぐものとなる。

④「紅梅」巻の存在が、「匂宮」（薫の登場）→「橋姫」（薫と八の宮家との交流）というスムーズな巻の流れを断ち切ることとなる。

また「竹河」巻においても同様に、現行巻序では次の矛盾が生ずる。

⑤「竹河」巻末近くの八の宮の姫君への言及が唐突、かつ次巻「橋姫」以降の物語の興味を殺ぐものとなる。[5]

⑥「竹河」巻において、薫が〈中納言〉になるとともに、夕霧右大臣と紅梅大納言が、それぞれ〈左大臣〉〈右大臣〉に昇任している。[6] しかし、薫の中納言昇任の記述がある「椎本」以降の巻々では、夕霧・紅梅は〈左大臣〉〈右大臣〉ではなく、もとの〈右大臣〉〈大納言〉の官のままである。現行巻序の場合、「竹河」巻において明確にした夕霧たちの昇進を、それ以降の巻々であえて否定する積極的な根拠を求めなくてはならない。

最後に「早蕨」巻と「宿木」巻の不連続についてであるが、それを象徴するのが、薫と結婚する女二の宮（「宿木」巻頭から登場）に関して見られる構想の継ぎ目・断絶である。[7] すなわち、女二の宮構想は「宿木」巻以前には見られず、「宿木」巻において語られる薫の結婚に関する内容も、高貴な北の方候補の存在の影が皆無な「早蕨」巻までの展開と矛盾する。[8]

しかし、これらの不自然さは「紅梅」→「宿木」、そして「夢浮橋」→「竹河」という巻序とするならば、「早蕨」巻と「宿木」巻の不連続を除き、すべて解消する。[9] もとより「早蕨」「宿木」の両巻には構想的な断絶が見られた。「宿木」巻は、「早蕨」巻までにはない浮舟物語が始まる巻でもある。紫式部はこの宇治十帖後半の新たな長編的展開に移る前に、紅梅大納言一家を語る「紅梅」巻という別系統の短編的物語を執筆することで、物語の構想を練る時間的猶予をもたせたと思われる。それは玉鬘十帖が語られる前に、短編的物語である「蓬生」「関屋」巻が執筆された状況とも共通する展開方法である（第15章168頁、参照）。

《現行巻序》	《推定巻序》
「匂宮」	「匂宮」
「紅梅」	「橋姫」
「竹河」	「椎本」
「橋姫」	「総角」
「椎本」	「早蕨」
「総角」	「紅梅」
「早蕨」	「宿木」
「宿木」	「東屋」
「東屋」	「浮舟」
「浮舟」	「蜻蛉」
「蜻蛉」	「手習」
「手習」	「夢浮橋」
「夢浮橋」	「竹河」

（　　　は巻序が異なる巻）

このうち、特に説明を要するのは擱筆の巻を「竹河」とすることであろう。そもそも「竹河」巻頭では、「これは、源氏の御族《ぞう》にも離れ給へりし……」と、光源氏の一族とは別の物語であることが宣言されている。[10] 一方、「夢浮橋」巻末は、浮舟との再会を期して小君を使者に送った薫が、何ら返事を得ることなく、誰かが浮舟を隠したのかと不審に思うところで閉じられている。以下、この結末を語る巻は存在せず、未完・中絶の印象を強く与えて終わっている。この後に、たとえ「竹河」巻が位置するとしても、未完の印象は拭えない。しかし別伝としての「竹河」巻の存在は、現行巻序のもつ最終巻「夢浮橋」の重みを損なうことなく、むしろ結果的にこれまでの物語の最終巻として確定するような役割さえ果たす。⑥の「竹河」巻における夕霧を左大臣とする呼称の矛盾にしても、物語を終わらせようとする作者の姿勢の現れと見なすことができよう。夕霧が権勢の頂点を極めたことを告げることによって、「源氏の御族」の物語完結というニュアンスが付与されるからである。紫式部は、おそらくこの「竹河」巻執筆の時点で既に体力的な限界、もしくは余命いくばくもない自らの運命を予感していたのであろう。そしてこの巻を書き終えた段階で、彰子皇太后のもとを辞したと思われる。

このようにして晩年の紫式部は、藤原実資との仲介役を果たす等、彰子を支える重要な女房の一人として活躍する傍ら、「若菜上」以降の巻々を次々と精力的に執筆していった。そうした状況下で、二十一巻に及ぶ大部の巻々が四年以内という短い期間で執筆されたことは、結果的に自らの命を縮めることになったと言えよう。まさに『源氏物語』は、紫式部が心血を注いで完成させた物語なのである。

18　没後

賢子《けんし》の私歌集『大弐三位集《だいにのさんみ》（藤三位集《とうさんみ》）』には、母紫式部亡き後、祖父為時との交流の一場面を伝える贈答歌が残されている。

年いたく老いたる祖父《おほぢ》（＝為時）の、ものしたる、とぶらひに

残りなき木の葉を見つつ慰めよ常ならぬこそ世の常のこと

返し

長らへば世の常なさをまたや見む残る涙もあらじと思へば

（『大弐三位集』）

ひどく年老いた祖父とあるから、為時が三井寺で出家した長和五年（一〇一六）四月二十九日（『小右記』）以降の事であろう。三井寺での出家は、この寺で阿闍梨《あじゃり》となっていた息子の定暹《じょうせん》の縁による。孫の賢子に会いにやってきた為時に、彼女は「残りわずかな木の葉を見て慰めなさいませ。無常こそが世の常なのですから」と詠んでいる。「残りなき木の葉」

とは、ほかならぬ賢子自身を意味する。「私がいるのだから、我慢なさい。無常は世の常のこと。そう嘆いてばかりいても仕方がないですよ」と、惟規・紫式部に先立たれ、気落ちしている祖父に対する慰めの言葉としては、やや手厳しい。これに対して為時は「生き長らえるならば、世の無常を再び思い知ることになろうか。もう残っている涙もあるまいと思うにつけても」と気弱く答えている。

この頃、賢子は既に出仕していた。その時期は不明であるが、万寿二年（一〇二五）、親仁《ちかひと》親王（後の後冷泉天皇。後朱雀天皇第一皇子）の乳母《めのと》に任ぜられた際、『栄花物語』には「大宮（＝彰子）の御方の紫式部が女《むすめ》の越後の弁」（「楚王《そおう》の夢」巻）と紹介されており、彰子のもとに出仕していたことが知られる。女房名の「越後の弁」とは、為時の官職「左少弁」「越後守」による。母に続いて彰子に出仕したのであろう。遅くとも二十代前半には出仕していたことは、『大弐三位集』中の贈答歌から確認される[1]。初出仕は、あるいは紫式部生前にまで、さかのぼるかもしれない。

「残りなき木の葉……」の歌からは、そうした彼女の女房として多忙であった日々の一面が垣間見られる。しかし、それだけではあるまい。もし賢子が気落ちしている祖父と一緒になって、母の死を悼んだとしたならば、どうであっただろうか。出仕生活の中で辛いこともあったであろうことは、母の没後、その手紙を見つけて詠んだ、かの歌「憂《う》き事のまさるこの世を見じとてや空の雲とも人のなりけむ」からも窺われる（第16章185頁、参照）。たまにし

三井寺　金堂（滋賀県大津市園城寺町）

か会わない祖父にそうした姿を見せたならば、為時の悲しみは一層深まったに違いない。「おじいさん、何を言っているの。私も忙しいのだから、いつまでも愚痴に付き合っていられませんよ」――こうした一見、冷たいようでもある突き放した孫の応対に、その場では弱音を吐いた為時も、帰路に就く頃には、少し元気を取り戻していたことであろう。「孫に一本取られたわい。わしも、もうひと頑張りするか」――そのような事を呟《つぶや》きながら逢坂《おうさか》の関を越え、琵琶湖を横目に、少し足取りも軽くなった面持ちで三井寺に戻っていった為時の姿が彷彿《ほうふつ》とされる。

　出家後、為時は貴顕《きけん》からの求めに応じて時折、都を行き来していたようだ。為時生存の最後の記録となった『小右記』寛仁《かんにん》二年（一〇一八）正月二十一日の条には、摂政頼通の大饗料の屏風《びょうぶ》詩を献じた一人として「為時法師」の名が記されている。しかし学者気質の為時は、そうした浮世の義理は最低限に止どめ、仏道修行に専念した日々を送り、その七十余年を越える生涯を終えたと思われる。彼の非社交的性格は『紫式部日記』が伝えるエピソードからも窺い知れる。寛弘七年（一〇一〇）正月、土御門邸で催された彰子中宮の臨時客でのこと、為時は管弦の遊びに伺候《しこう》せず、早々に退出してしまう。これに機嫌を損ねた道長が、酔いに任せて紫式部に「など御父《てて》の、御前《おまへ》の御遊びに召しつるに、さぶらはで急ぎまかでにける。ひがみたり（＝ひねくれている）」と語ったとある。[2]

　賢子が誕生して間もない親仁親王の乳母となったのは、二十五、六才の時であった。嬉子《きし》（道長女、彰子の同母末妹）が親仁親王出産後、薨去《こうきょ》したため、十九才年下の嬉子を我が子のように可愛がっていた彰子のもとに親王は引き取られていた。以後、賢子は「弁の乳母」とも呼ばれ、親仁親王の養育に献身し、親王の深い信頼を勝ち得ている。[3]この乳母に任ぜられた翌年正月、彰子は落飾して上東門院《じょうとうもんいん》と号した。『新古今集』には、そのことを悲しんだ賢子の歌が収められおり、[4]長元四年（一〇三一）九月、上東門院彰子が石清水《いわしみず》八幡宮・住吉大社に参詣《さんけい》した折には、そのお供の一人として彼女の名が見える（『栄花物語』「殿上《てんじょう》の花見」巻）。[5]この参詣では、賢子はかの伊勢大輔と同乗しており、親子二代にわたり、彼女との親交があったことが窺われる。紫式部に可愛がられた伊勢大輔が今度は娘の賢子に後輩として目を掛けたことであろう。母の場合とは対照的に抵抗なく初出仕できる環境が、母の縁で整えられていたと言えようか。そして寛徳二年（一〇四五）、二十一才に成長した親仁親王が即位して後冷泉天皇となるとともに典侍《ないしのすけ》に任ぜられ、従三位《じゅさんみ》に叙せられた。後冷泉天皇の人柄は温和で人嫌いせず、季節の折々には管弦の遊び等、風流事を好んだ。それも賢子の教育によるところがあったという（『栄花物語』「根合《ねあわせ》」巻）[6]。その在位中の天喜《てんぎ》二年（一〇五四）、二度目の結婚相手である高階成章《たかしななりあきら》（九九〇〜一〇五八）が大宰大弐《だいに》となり、賢子も夫に会いに二度も筑紫《つくし》に下向している。「大弐三位」という号は、その夫の官名による。しかし治暦《じりゃく》四年（一〇六八）、在位二十四年に及んだ後冷泉天皇は崩御。賢子の悲嘆ぶりは甚だしく、一周忌を経ても「御乳母藤三位恋慕之悲、猶不レ尽不レ絶」（『土右記《どゆうき》』治暦五年五月十九日の条）という状態であったとある。

　賢子の没年は永保《えいほう》二年（一〇八二）頃とされる。その間、天喜元年（一〇五三）に倫子、延久六年（一〇七四）二月には頼通が逝去《せいきょ》、十月には上東門院彰子も崩御している。ちなみに道長は万寿四年（一〇二七）、九月に崩御した妍子の後を追うように十二月、逝去している。

　このように賢子は紫式部亡き後のすべてを見届けて、八十余年の天寿を全うした。母が残した『紫式部日記』は、賢子の乳母時代には既に世の人の目に触れていた。『栄花物語』第八巻「初花《はつはな》」の典拠の一つとなっていることは、それを物語っている。『栄花物語』正編三十巻は、万寿四年（一〇二七）以降、長元七年（一〇三四）以前の成立とされる。『紫式部日記』が宮仕えを控えた賢子のために執筆されたとするならば、この日記は他ならぬ賢子本人によって、広まったとするのが自然であろう。賢子の手元に残された遺品中の断簡と併せてまとめられ、現在の形態となって、おそらく彰子、もしくは後冷泉天皇絡みの何らかの機会に献上されたと思われる。(7)

それでは、『源氏物語』は紫式部没後、どのような形で読み継がれていったのであろうか。寡居期に執筆された帚木三帖は、既に寛弘五年（一〇〇八）の御冊子作りの段階で、年代記的配列にし直した現在の巻序、すなわち「桐壺」巻と「若紫」巻の間に組み入れられたと考えられる。(8) それは結果的に帚木三帖を具平親王家と切り離し、光源氏の一代記としての体裁を確固たるものにしたと言えよう。一方、帚木三帖以前に執筆されたはずの朝顔の姫君や筑紫の五節等の物語（第10章、参照）が今日、伝えられていないのは、紫式部自身があえてこの物語を御冊子の中に入れなかったためであろう。物語の完成度や他の巻々との統一性、具平親王家色の強くなること等を考慮しての判断であったと思われる。帚木三帖までは、声望高き当代屈指の教養人具平親王家を中心に既に世の評判を得ていたとは言え、単発的であり、あくまで一親王家レベルでの流布である。これに対して、宮中、及び摂関家を介しての流布は、大部な長編物語であることもあって一層大々的となり、『源氏物語』の名声を決定的にしたに相違ない。

『源氏物語』の熱狂的な読者の一人であった菅原孝標女《たかすえのむすめ》（一〇〇八〜？）が著した『更級

日記』には、そうした『源氏物語』のその後を知る手掛かりが残されている。

をばなる人の田舎より上りたる所にわたいたれば、……「ゆかしくし給ふなる物を奉らむ」とて、源氏の五十余巻、櫃《ひつ》に入りながら、在中将・とほぎみ……など言ふ物語ども、一袋、取り入れて、得て帰る心地のうれしさぞいみじきや。はしるはしる、わづかに見つつ、心も得ず、心もとなく思ふ源氏を、一の巻よりして、人もまじらず、几帳《きちやう》の内にうち臥《ふ》して、引き出でつつ見る心地、后の位も何にかはせむ。（『更級日記』）

〈おばにあたる人が地方より上京した所に（母が私を）行かせたところ、……「見たがっておいでという物を差し上げましょう」と言って、源氏の物語、五十余巻を櫃に入ったままで、（さらに）在中将・とほぎみ……等という物語を一袋いっぱいに入れて、もらって帰る時の気持ちのうれしさと言ったらない。わくわくしながら、わずかに読んでは、（話の筋も）納得できず、じれったく思っていた源氏を、一の巻から人にも邪魔されず、几帳の内で横になって、（櫃から一冊ずつ）引き出しては読む心持ちに比べたなら、后の位も何ほどのことがあろうか。〉

孝標女は上総《かずさ》国より帰京した翌年、同じく地方から上京したおばより、念願の『源氏物語』

を手に入れる。紫式部没年と推定される長和三年（一〇一四）のわずか七年後のことである。傍線部「源氏の五十余巻、櫃に入りながら」とある『源氏物語』が、どのような順序で並べられていたかは不明であるものの、傍線部「一の巻よりして」という言い方からして、既に長編物語として抵抗感の少ない、年代記的に整理された現行巻序、もしくはそれに近い巻序であったことが予想される。もっとも、『源氏物語』が常に五十余巻のワンセットとして流布していたわけではないのは、この直前の次の記述からも窺われる。

母、物語など求めて見せ給ふに、げに、おのづから慰みゆく。紫のゆかりを見て、続きの見まほしく覚ゆれど……誰もいまだ都なれぬ程にて、え見つけず、いみじく心もとなく、ゆかしく覚ゆるままに、「この源氏の物語、一の巻よりして、みな見せ給へ」と、心のうちに祈る。

（『更級日記』）

〈母が物語などを捜し求めてきて（私に）見せて下さるので、なるほど、自然と慰められていく。紫のゆかりの物語を読んで、続きが見たく思われるけれど、……誰もまだ都に住み慣れない頃で、見つけられず、ひどく、じれったく、読みたく思われるままに、「この源氏の物語を、一の巻から全てお見せ下さい」と心の中で祈る。〉

孝標女が『源氏物語』の本文を最初に読むことができたのは、傍線部「紫のゆかり」であった。「紫のゆかり」とは「若紫」巻であろうか。(9) ともあれ、特に好評を博した『源氏物語』の一部が別個に流布していた状況を物語っている。したがって、まだ巻序としては流動的な要素も残されていたと言うべきであろう。(10)

『源氏物語』が一般に読まれるようになったのは、康和(一〇九九〜一一〇三)の頃である。弘安三年(一二八〇)成立の『弘安源氏論義』跋文《ばつぶん》には、『源氏物語』の流布状況について、次のように記されている。

此物語、寛《ひろ》く弘《ひろ》き年の程(=寛弘の頃)より出できにけり。しかれども、世にもてなすことは、すべらぎのかしこき御代には、やすく和らげる時(=康和年間)より広まり、下れるただ人の中にしては、宮内少輔(=世尊寺伊行《せそんじこれゆき》)が釈《しゃく》(=『源氏釈』)よりぞあらはれける。

『源氏物語』が執筆されたのは寛弘の頃であるが、一般に普及したのは康和年間であり、世尊寺伊行の『源氏釈』が注釈の始まりだったとある。この頃、『源氏物語』が盛んに書写され、広く行き渡ったのであろう。この康和年間から程遠からぬ、紫式部没後、ほぼ一世紀を経た時代に書写された従一位麗子《じゅいちいれいし》本の存在は、(11)『源氏物語』と具平親王家とのその後の関係を考える上でも興味深い。源麗子は、父は具平親王男、土御門右大臣源師房、母は道長女尊子（明子腹）で、頼通男の関白藤原師実《もろざね》の室《しつ》となった高貴な女性である。彼女はその晩年の頃、同母兄である堀河左大臣俊房《としふさ》と同様、『源氏物語』を書写した。(12)それは次の歌によっても知られる。

源氏の物語を書きて、奥に書き付けられて侍りける　　従一位麗子
はかもなき鳥の跡とは思ふとも我が末々はあはれとも見よ　（『新勅撰和歌集』巻十七雑二）

下の句「我が末々はあはれとも見よ」――この『源氏物語』に対する格別な思い入れは、源麗子が具平親王の直系の孫であることからも肯首しうる。そこからは『源氏物語』を我が具平親王家一門の誉れとする認識が窺われる。麗子には、祖父具平親王をモデルとした帚木三帖なくして、『源氏物語』五十四帖はありえなかったという思いがあったであろう。しかし、それが帚木三帖の独自性を強調する方向に向かわなかったことは、既に具平親王の子孫たちにとっても、帚木三帖、ひいては『源氏物語』が親王家を越えた大きな存在となっていたことを物語っている。

〈註〉

【1】家系―観修寺流との繋がり―

（1）本文は『今昔物語集』四（日本古典文学大系25、岩波書店）に拠る。

（2）角田文衞「紫式部の居宅」（『角田文衞著作集7　紫式部の世界』法蔵館、昭59）参照。

（3）藤岡忠美「藤原兼輔の周辺――いわゆる「小世界」の問題に触れて――」（『国語と国文学』昭48・1）等、参照。

（4）岡部由文「大和物語成立の基盤――藤原兼輔を視点として――」（『就實語文』第3号、昭57・11）等、参照。

（5）本文は、高橋正治校注『大和物語』（新編日本古典文学全集12、小学館）に拠る。

（6）工藤重矩「藤原兼輔伝考（一）」（『語文研究』第30号、昭46・3）参照。

【2】家族と出生

（1）高崎正秀「紫式部の母系」（『源氏物語講座』第6巻、有精堂、昭46）参照。

（2）今井源衛氏の天禄元年（九七〇）説、岡一男氏の天延元年（九七三）説、萩谷朴氏の天延二年（九七四）説、南波浩氏の天延三年（九七五）説がある。島田良二「紫式部諸説一覧」（『国文学』学燈社、昭57・10）参照。

（3）南波浩「紫式部の意識基体」（『同志社国文学』5・6合併号、昭46・3）参照。

（4）註3、参照。萩谷朴氏もこの点を重視しつつ、「なりもてまかる」を朧化表現として寛弘七年を厄年の三十七才と見なし、天延二年（九七四）説を打ち出している。萩谷朴著『紫式部日記全注釈』下巻（角川書店、昭48）三二七頁、参照。

【3】幼少期から少女期

（1）伊藤博著『源氏物語の原点』（明治書院、昭55）「紫式部のふるさと」、後藤祥子「紫式部集冒頭歌群の配列」（『講座平安文学論究』第6輯、風間書房、平元）参照。
（2）註1の伊藤博著『源氏物語の原点』「紫式部のふるさと」参照。
（3）伊藤博氏は註2の論において、次のように述べられている。
『源氏物語』において最重要人物の周辺に祖母ないし老女がしばしば登場し、生彩ある叙述を施されていることも、ここで想起される。
（4）天暦元年（九四七）出生説によれば三十八才である（岡一男著『源氏物語の基礎的研究』東京堂出版、昭41、参照）。ちなみに「遅れても……」の歌は式部丞・蔵人となった翌年に、藤原道兼の粟田邸で詠まれた。
（5）増淵勝一著『紫清照林――古典才人考――』（国研出版、平7）「紫式部　I家系と生い立ち」参照。

【4】少女期から青春期

（1）「末摘花」「蓬生」巻に克明に描かれている末摘花の困窮した生活ぶりや、「関屋」巻における光源氏に対する紀伊守と空蟬の弟小君の変節等は、そうした好例であろう。
（2）与謝野晶子「紫式部新考（上）」（『太陽』昭3・1）、今井卓爾著『物語文學史の研究　源氏物語』（早稲田大学出版部、昭51）「紫式部とその周辺」参照。

（3）本文は、松村博司・山中裕校注『榮花物語』上（日本古典文学大系75、岩波書店）に拠る。
（4）『大曾根章介　日本漢文学論集』第二巻（汲古書院、平10）「具平親王考」参照。
（5）恵子女王が荘子女王の同母姉であろうことについては、伊藤博著『源氏物語の原点』（明治書院、昭55）「紫式部の父」、坂本共展著『源氏物語構成論』（笠間書院、平7）「女三宮構想とその主題」参照。
（6）『大曾根章介　日本漢文学論集』第二巻（汲古書院、平10）「文人藤原為時」参照。「中書大王」を前中書王兼明親王とする説もあるが、具平親王の妥当性については、平林盛得「中書大王と慶滋保胤――日本往生極楽記の補訂者――」（『説話文学研究』第16号、昭56・6）参照。
（7）後藤祥子「紫式部集全歌評釈」（『国文学』学燈社、昭57・10）、福家俊幸「紫式部の具平親王家出仕考」（『中古文学論攷』第7号、昭61・10）、拙著『源氏物語　成立研究――執筆順序と執筆時期――』（笠間書院、平13）「帚木三帖の誕生」参照。
（8）本文は、永積安明・島田勇雄校注『古今著聞集』（日本古典文学大系84、岩波書店）に拠る。
（9）角田文衞「夕顔の死」（『角田文衞著作集7　紫式部の世界』法蔵館、昭59）参照。
（10）3番歌は『千載集』の詞書「上東門院に侍りけるを、里に出でたりける頃」によれば、彰子中宮出仕以後の詠となるが、歌の配列の仕方からして、娘時代とすべきであろう。伊藤博著『源氏物語の基底と創造』（武蔵野書院、平6）「紫式部集の諸問題」、河内山清彦著『紫式部集・紫式部日記の研究』（桜楓社、昭55）「千載集と紫式部集の関係」、山本利達校注『紫式部日記　紫式部集』（新潮日本古典集成、昭55）、後藤祥子「紫式部集冒頭歌群の配列」（『講座平安文学論究』第6輯、風間書房、平元）参照。

【5】越前下向以前

(1) 南波浩著『紫式部集全評釈』（笠間書院、昭58）等、参照。
(2) 註1の南波浩著『紫式部集全評釈』四八頁、参照。
(3) 今井源衛著『紫式部（新装版）』（吉川弘文館、昭60）六五頁、稲賀敬二著『源氏の作者　紫式部』（新典社、昭57）五三頁、参照。
(4) 石川徹著『平安時代物語文学論』（笠間書院、昭54）第十六章、参照。
(5) 「弁も、いと才かしこき博士にて、言ひ交はしたる事どもなむ、いと興ありける。文など作り交はして、……」（「桐壺」巻）
(6) 辻村全弘「藤原為時・紫式部と宋人」（『国学院大学大学院文学研究科論集』15、昭63・3）参照。
(7) 詳細については、拙著『源氏物語　成立研究』（笠間書院、平13）「筑紫の五節から玉鬘へ」参照。

【6】越前下向

(1) 藤本勝義氏はその著『源氏物語の人　ことば　文化』（新典社、平11）「紫式部の越前下向の日」において、当時、ほとんど例外なく国司赴任の日を陰陽道で定めた「出行吉日」が選ばれていることを踏まえ、詳細な検討の結果、その出発日を六月五日（陽暦六月二十八日）とされている。
(2) 「『……武生の国府に移ろひ給ふとも、忍びては、参り来なむを。なほなほしき身の程は、かかる御ためこそ、いとほしく侍れ』など、うち泣きつつ（中将の君は娘浮舟に）宣ふ」（「浮舟」巻）
(3) 『角川日本地名大辞典18　福井県』（角川書店、平元）「おおしお　大塩」の項、参照。
(4) 南波浩著『紫式部集全評釈』（笠間書院、昭58）四四四頁、及び註1の藤本勝義著『源氏物語の人　ことば　文化』「紫式部の越路」参照。

【9】寡居期（上）

（1）南波浩校注の岩波文庫本『紫式部集』では「女ばら」とするが、諸本の多くは「女房」である。

【10】寡居期（下）—帚木三帖の誕生—

（1）「伊予の介、のぼりぬ。まづ、急ぎ参れり。船路のしわざとて、少し黒み、やつれたる旅姿、いと、ふつつかに、心づきなし」（「夕顔」巻）

（2）「紀の守に仰せ言、賜へば、承りながら、退《しぞ》きて、『伊予の守の朝臣の家に、慎しむ事はべりて、女房なむ、まかり移れる頃にて、狭《せば》き所に侍れば、なめげなる事や侍らむ』と下に嘆くを、（光源氏が）聞き給ひて、『その人近からむなむ、うれしかるべき。女遠き旅寝は、物恐ろしき心地すべきを。ただ、その几帳の後ろに』と宣へば、『げに、よろしき御座所《おましどころ》にも』とて、人走らせやる」（「帚木」巻）

（3）「大かたの気色、人の気配も、けざやかに気高く、乱れたる所、交じらず、なほ『これこそは、かの、人々の捨て難く取り出でし、まめ人には頼まれぬべけれ』と、（光源氏は）思すものから、あまり、うるはしき御有様の、とけがたく恥づかしげにのみ思ひ静まり給へるを、さうざうしくて……」（同巻）

（4）「まだ、中将などにものし給ひし時は、内裏にのみ、さぶらひようし給ひて、大殿には絶え絶えまかで給ふ。『忍ぶの乱れや』と疑ひ聞こゆる事もありしかど、さしもあだめき、目馴れたる、うちつけのすきずきしさなどは、好ましからぬ御本性にて、稀には、あながちに引き違《たが》へ、心尽くしなる事を、御心に思しとどむる癖なむ、あやにくにて、さるまじき御振る舞ひも、うち交じりける」（同巻）

（5）「母式部卿為平親王女」（『公卿補任』）、「母為平親王女」（『尊卑文脈』）。

(6) 源重光たち三兄弟についての詳細は、川田康幸『『栄花物語』における源重光とその一族」(『信州豊南女子短期大学紀要』7号、平2・3) 参照。

(7) 和辻哲郎は「源氏物語について」(『思想』大正11・11、『和辻哲郎全集』第四巻「日本精神史研究」岩波書店、昭37、所収)において、「桐壺の巻と帚木の巻との間には、必然の脈絡が認められない」と断言している。

(8) 欠巻「輝く日の宮」想定説の有力な根拠となっている、藤壺・六条御息所の不充分とされる描かれ方は、この例に入らない。「夕顔」巻頭「六条わたりの御忍び歩《あり》きの頃……」と唐突に紹介される六条御息所の場合は、前々巻「帚木」中に伏線的にほのめかされている高貴な愛人の存在に対する最も効果的な解答である。また藤壺の場合においては、光源氏との最初の密会の場面は描かれていないが、その場面の省略自体が「若紫」巻の展開方法の一端であり、「若紫」巻の完成度の高さに結び付いている。詳細については、拙著『源氏物語　成立研究――執筆順序と執筆時期――』(笠間書院、平13) 第一章第一節・第二章第一節、参照。なお帚木三帖中に見いだされる藤壺についての四カ所の記述は、本来、それぞれ左大臣家の姫君(葵の上)・六条の御方(六条御息所)・空蟬・夕顔にかかわるものとすべきである。同著、第二章第一節、参照。

(9) 「その頃、大弐はのぼりける。厳《いかめ》しく類広く、女がちにて、所狭《せ》かりければ、北の方は船にてのぼる。……「大将(=光源氏)も、かくておはす」と聞けば、あいなう、好いたる若き女たちは、船の内さへ、恥づかしう心げさうせらる。まして、五節の君は、綱手引き過ぐるも、口惜しきに(光源氏の)琴の声、風につけて遥かに聞こゆるに。……帥(=大弐)、(光源氏に)御消息、聞こえたり。……子の筑前の守ぞ参れる。この殿(=光源氏)の蔵人になし、顧み給ひし人なれば、……守、泣く泣く帰りて、おはする御有様語るに、師より始め、迎への人々、まがまがしう泣き満ちたり。五節は、とかくして聞こえたり。
琴の音に引き留めらるる綱手縄たゆたふ心君知るらめや
……と聞こえたり。（光源氏は）微笑み給ふ。……
心ありて引き手の綱のたゆたはばうち過ぎましや須磨の浦波」（「須磨」巻）

（10）註9に示されているように、筑紫の五節は周囲に知れぬよう算段して、光源氏に和歌を送っており、光源氏はその若い彼女の一途な思いを余裕で受け止めている。筑紫の五節の詳細については、註8の拙著『源氏物語　成立研究』第一章第三節、参照。

【11】初出仕

（1）「師走の二十九日に参る。初めて参りしも今宵の事ぞかし。いみじくも夢路に惑はれしかなと思ひ出づれば、こよなく立ち馴れにけるも、疎ましの身の程やと覚ゆ」（『紫式部日記』寛弘五年十二月二十九日の条）

（2）寛弘二年説には岡一男著『源氏物語の基礎的研究』（東京堂出版、昭41）「附證　紫式部の宮仕の年代に就いて」、寛弘三年説には萩谷朴「紫式部の初宮仕は寛弘三年十二月廿九日なるべし」（『中古文学』第2号、昭43・3）等がある。詳細については、島田良二「紫式部諸説一覧」（『国文学』学燈社、昭57・10）参照。

（3）このエピソードの信憑性の高さについては、後藤祥子「家集の虚構の問題――伊勢大輔「いにしへの」をめぐって――」（伊藤博・宮崎荘平編『王朝女流文学の新展望』竹林舎、平15）参照。

（4）註2の萩谷朴氏の論、及び国文科四年共同研究「紫式部の初宮仕年時についての一考察」（『名古屋大

学国語国文学』第20号、昭42・6）参照。

（5）註1、参照。

（6）先の紫式部に対する同僚たちの悪評「いと艶に恥づかしく……」に続いて、次のように記されている。

「見るには、あやしきまで、おいらかに、異人かとなむ覚ゆる」とぞ、皆、言ひ侍るに……。

（『紫式部日記』）

【12】「桐壺」巻の誕生

（1）阿部秋生著『源氏物語研究序説』（東京大学出版会、昭34）第一篇第一章二「作者のゐた内裏」参照。

（2）『紫式部日記』寛弘五年九月十一日、敦成親王誕生前の条に、彰子中宮に仕える「いと年経たる人々」の一人として大輔命婦の名が見える。また、同月十五日、五日の産養の条には、次のように記されている。

大輔の命婦は、唐衣《からぎぬ》は手もふれず（＝趣向も凝らさず）、裳を白銀《しろがね》の泥《でい》して、いと鮮やかに大海《おほうみ》に摺りたるこそ、けちえんならぬものから、目やすけれ。

（3）大輔命婦は次のように紹介されている。

左衛門の乳母とて、大弐のさしつぎに思いたるが女、大輔の命婦とて（内裏に）さぶらふ、王家統《わかむど》流《ほり》の兵部の大輔なる女なりけり。いと、いたう色好める若人にてありけるを、君も召し使ひなどし給ふ。

（「末摘花」巻）

（4）「この中には、匂へる鼻もなかめり。左近の命婦、肥後の采女やまじらひつらむ」（「末摘花」巻）

（5）道長は、この人事について次のように記している。

兵部丞広政・惟規等也、乍置所雑色・非蔵人等、被補件人事、当時所候蔵人年若、又可任非蔵人・
雑色等年少、仍件両人頗年長、蔵人宜者也。仍所被補耳。任後人不知賢愚。
（『御堂関白記』寛弘四年正月十三日の条）

当時、若い蔵人たちばかりで、「頗《すこぶル》年長」であったことが幸いしたとは言え、惟規は同時に任ぜられた藤原広政とともに、「人不レ知ラ二賢愚ヲ一」と評されている。

（6）一条天皇の在位時に相撲が雨で延期されたのは、寛弘四年八月十八日の臨時相撲の折だけである。山本利達校注『紫式部日記　紫式部集』（新潮日本古典集成、昭55）、南波浩著『紫式部集全評釈』（笠間書院、昭58）参照。

【13】土御門邸行啓

（1）「御輿、迎へ奉る船楽、いとおもしろし。寄するを見れば、駕輿丁の、さる身の程ながら、階《はし》よりのぼりて、いと苦しげにうつぶし伏せる、何に事々なる、高き交じらひも、身の程、限りあるに、いと安げなしかしと見る」（『紫式部日記』寛弘五年十月十六日の条）

（2）村瀬敏夫著『平安朝歌人の研究』（新典社、平6）「藤原公任伝の研究」参照。

【14】御冊子作り

（1）山中裕著『歴史物語成立序説』（東京大学出版会、昭37）「源氏物語の内容」参照。

（2）島津久基著『源氏物語新考』（明治書院、昭11）「源氏物語論考」、及び註1の山中裕氏の論、参照。

（3）武田宗俊著『源氏物語の研究』（岩波書店、昭29）「源氏物語の最初の形態」「源氏物語の最初の形態再

論」、伊藤博著『源氏物語の基底と創造』（武蔵野書院、平6）「蓬生・関屋巻の成立」等、参照。

（4）拙著『源氏物語　成立研究』（笠間書院、平13）第二章第二節、参照。

（5）「蓬生」巻における式部卿宮という紫の上の父親の呼称は、「兵部卿の宮と聞こえしは、今は式部卿にて……」と、彼が兵部卿宮から式部卿となったことが明らかにされる「乙女」巻の先取りである。また「蓬生」巻末では、末摘花の二条東院入りが語られているが、二条東院の落成は、巻を隔てて「松風」巻頭において「東の院、造り果てて……」と告げられている。詳細については註4の拙著『源氏物語　成立研究』第二章第二節、参照。

（6）「梅枝」巻では、薫物合せの判者を勤めたお礼として、光源氏から薫物の壺と装束一揃いを贈られた際、次の傍線部に象徴されるように、蛍兵部卿宮に正妻がいることを前提とした歌の贈答がなされている。

　宮（＝蛍兵部卿宮）、

　　花の香をえならぬ袖に移しもて事あやまりと妹や咎めむ

とあれば、「いと、屈《くん》じたりや」と（光源氏は）笑ひ給ふ。御車、（牛に）掛くる程に追ひて、

「珍しとふるさと人も待ちぞ見む花の錦を着て帰る君

またなき事（＝めったにない事）と、思さるらむ」とあれば、（蛍兵部卿宮は）いと、いたく辛《から》がり給ふ。

（7）玉鬘十帖第七巻「野分」において夕霧は、紫の上を垣間見てその美しさに心を奪われるが、そうした夕霧の心理的動揺は、「梅枝」「藤裏葉」巻における雲居雁との関係に何ら反映されていない。また、玉鬘十帖第八巻「行幸」でなされた玉鬘の件での光源氏と内大臣の感動的和解も、「藤裏葉」巻における夕霧と雲居雁の関係に何ら影響を及ぼしていない。

（8）「梅枝」「藤裏葉」巻は「乙女」巻の延長線上に位置し、大団円に向けて突き進む明るい世界である。これに対して玉鬘十帖には、玉鬘の処遇に揺れ動く中年光源氏の苦悩や、玉鬘問題を介して光源氏に向けられた夕霧の批判的な視線等、「若菜上」巻〜「幻」巻に通ずる世界が垣間見られる。

（9）註4、参照。

（10）「空蝉の尼君に、青鈍《あをにび》の織物の、いと心ばせあるを見つけ給ひて、……」（「玉鬘」巻）

（11）「若紫」巻と「明石」巻における明石の君の年齢設定には、少なくとも八才の相違が見られ、『源氏物語』中の大きな矛盾のひとつに数えられている。

（12）「澪標」巻において示された二条東院造営計画は、その後、一部変更され、「乙女」巻において完成する六条院に補完・吸収されている。高橋和夫著『源氏物語の主題と構想』（桜楓社、昭41）「二条院と六条院」、註4の拙著『源氏物語　成立研究』第一章第三節等、参照。

（13）「おとなひ来る人も難うなどしつつ、すべて、はなかき事に触れても、あらぬ世に来たる心地ぞ、ここ（＝里邸）にてしも、うちまさり、物あはれなりける」（『紫式部日記』寛弘五年十一月中旬の条）

【15】玉鬘十帖の誕生

（1）寛弘六年正月の記事に続く消息的部分と寛弘七年正月の記事の間には、某月十一日の御堂詣で・道長との贈答歌についての断片的記事が挿入されているが、これらは、それぞれ寛弘五年五月と同年夏頃の事と推定される。

（2）本文は、松村博司・山中裕校注『榮花物語』上（日本古典文学大系75、岩波書店）に拠る。

（3）「この女房のなりどもは、柳・桜・山吹・紅梅・萌黄《もえぎ》の五色をとりかはしつつ、一人に三色づつを着させ給へるなりけり。一人は一色を五つ、三色着たるは十五づつ、あるは六つづつ七つづつ、多く着たるは十八、二十にてぞありける。この色々を着かはしつつ、並み居たるなりけり。……殿ばら、あさましう目もあやにて、かたみに御目を見交はして、あきれ給へり。……関白殿、内裏に入らせ給ひて、御前に申させ給ふ。『今日の事、すべて、いと殊の外に、けしからずせさせ給へり。……』と、返す返す同じ事をせさせ給ふ……」（『栄花物語』「若ばへ」巻）

（4）寡居期に執筆された帚木三帖を含める。

（5）「（光源氏は）かの五節を思し忘れず、……。『心安き殿造りしては、かやうの人、集《つど》へて、もし思ふさまに、かしづき給ふべき人も、出でものし給はば、さる人の後見にも』と思す。かの院（＝二条東院）の造りざま、なかなか見所多く、今めいたり。よしある受領などを選《え》りて、あてあてに催し給ふ」（「澪標」巻）

（6）「宿曜に『御子三人、帝・后、必ず並びて生まれ給ふべし。中の劣りは、太政大臣にて、位を極むべし』と勘《かんが》へ申したりし……」（「澪標」巻）

（7）詳細については、拙著『源氏物語　成立研究』（笠間書院、平13）第一章第三節「筑紫の五節から玉鬘へ」参照。

（8）消息的部分とは、『紫式部日記』冒頭の寛弘五年七月から寛弘六年正月までの記録的部分に続いて、「このついでに、人の容貌《かたち》を語り聞こえさせば……」と始まる、誰かに宛てた手紙の形式で語られている箇所である。『紫式部日記』全体の約四分の一弱を占める。『紫式部日記』はこの消息的部分の後に、某月十一日の御堂詣で・道長との贈答歌についての断片的記事、そして寛弘七年正月の記録的部分がある。

（9）『紫式部日記』消息的部分の執筆時期は、その文中で赤染衛門を「丹波の守の北の方」と称しているところ（註11、参照）から、夫大江匡衡が丹波守に任ぜられた寛弘七年三月三十日以降である。また、一条帝を「うちの上」と呼んでいるが、一条帝は寛弘八年五月二十二日に発病し、翌月十三日、譲位、同月二十二日、崩御している。この二点等を踏まえて、「風の涼しき夕暮」という執筆時と思われる季節感を考慮するならば、寛弘七年の夏頃とするのが妥当であろう。岡一男著『源氏物語の基礎的研究』（東京堂出版、昭41）等、参照。

(10) 宰相の君は、その昼寝姿を「絵に描《か》きたる物の姫君の心地」（『紫式部日記』）、小少将の君においては、その人となりを「いと世を恥ぢらひ、あまり見苦しきまで子めい給へり」（同）と評されている。

(11) 清少納言評の直前に、次のように辛口の批評が述べられている。

和泉式部と言ふ人こそ、おもしろう書き交はしける。されど和泉は、けしからぬ方こそあれ、うちとけて文はしり書きたるに、その方の才《ざえ》ある人、はかなき言葉の匂ひも見え侍るめり。……はづかしげの歌詠みやとは覚え侍らず。

丹波の守の北の方をば、宮・殿などのわたりには、匡衡衛門《まさひらゑもん》とぞ言ひ侍る。ことに、やむごとなき程ならねど、まことにゆゑゆゑしく、歌詠みとて、よろづの事につけて詠み散らさねど、聞こえたる限りは、はかなき折節の事も、それこそ恥づかしき口つきに侍れ。（『紫式部日記』消息的部分）

(12) 萩谷朴「紫式部と後宮生活」（『源氏物語講座』第6巻、有精堂、昭46）参照。

【16】晩期

(1) 岡一男著『源氏物語の基礎的研究』第一部一(4)「紫式部の弟、藤原惟規」（東京堂出版、昭41）参照。

(2) 惟規が臨終の際、浄土への旅立ちを説く僧に対して、「その旅の途中では、紅葉などのもとに松虫などの声が聞こえるのか」と尋ね、僧はあきれて、その場を去ってしまう。辞世の歌となった「都にも……」の最後の文字を書き終える直前、息絶えたので、父為時はその文字を書き添え、形見として常に傍らに置いて偲んだとある。

（3）島田とよ子「紫式部の家族」（増田繁夫他編『源氏物語研究集成』第15巻、風間書房、平13）参照。

（4）「自内裏有御書。蔵人兵部丞藤原惟規為御使参入。……公卿四五人勧盃。酔如泥。……」（『御産記部類』所収『不知記』）

（5）「……惟規更就簾下執盛弟子綿之筥、皆給弟子、……他僧等奪取之間極以狼藉、蔵人似失古実（＝故実）、諸卿傾奇」（『小右記』）

（6）「つごもりの夜、追儺はいと疾《と》く果てぬれば、……うちとけ居たるに……。……御前の方に、いみじくののしる。……『ともかうも、宮（＝彰子中宮）、下におはします。まづ参りて見奉らむ』と、……足も空にて参りたれば、裸なる人ぞ二人、居たる。……宮の侍も、滝口も、儺《な》やらひ果てけるままに、皆、まかでにけり。手を叩きののしれど、答《いら》へする人もなし。……『殿上に、兵部の丞といふ蔵人（＝惟規）、呼べ、呼べ』と、恥も忘れて口づから言ひたれば、尋ねけれど、まかでにけり。つらき事、限りなし。式部の丞資業ぞ参りて、所々の差し油ども、ただ一人、差し入れられて歩《あり》く」（『紫式部日記』）

（7）「斎院に、中将の君と言ふ人、侍るなりと聞き侍る、たよりありて、人のもとに書き交はしたる文を、みそかに人の取りて見せ侍りし。いとこそ艶に、我のみ世には物のゆゑ知り、心深き類ひはあらじ、すべて世の人は、心も肝もなきやうに思ひて侍るべかめる、見侍りしに、すずろに心やましう、おほやけ腹とか、よからぬ人の言ふやうに、憎くこそ思う給へられしか」（『紫式部日記』消息的部分）

（8）空蝉は光源氏の手引きをした幼い小君を、次のように叱りつけている。

小君、かしこに行きたれば、姉君、待ちつけて、いみじく宣ふ。
（「空蟬」巻）

（9）『桃裕行著作集4　古記録の研究（上）』（思文閣出版、昭63）「忌日考」の三「藤原実資」には、次のように述べられている。

母の兄弟永頼・永年の母は定方の女であり、両者の『小右記』への表れ方からすると、恐らくは、実資の母とも同母と思われ、さすれば、前に掲げた実資の祖母能子からは姪の関係となる。

（10）為頼は太皇太后宮昌子内親王の大進に任ぜられたが、実資も太皇太后宮大夫として近侍している。そうした関係もあってか、為頼が妻を亡くした折、同時期にやはり妻を失った実資は次の歌を贈っている。

よそなれど同じ心ぞ通ふべき誰も思ひの一つならねば
（『為頼集』）

（11）「……東の柱のもとに、右大将（＝実資）よりて、衣の褄・袖口、数へ給へる気色、人より異なり。酔ひの紛れをあなづり聞こえ、また誰とかはなど思ひ侍りて、はかなき事ども言ふに、いみじくざれ今めく人よりも、けにいと恥づかしげにこそおはすべかめりしか」（『紫式部日記』寛弘五年十一月一日の条）

（12）●参皇太后宮、相逢女房、触種々相障久不参入之事、仍啓事由。有仰事。暫候罷出。
（『小右記』長和二年七月五日の条）

●参皇太后宮、相遇女房。有仰事。左府坐法性寺之間、参入由也。
（同、長和二年八月二十日の条）

（13）角田文衞「実資と紫式部――『小右記』寛仁三年正月五日条の解釈――」（『角田文衞著作集7　紫式部の世界』法蔵館、昭59）、及び今井源衛著『源氏物語の思念』（笠間書院、昭62）「紫式部の晩年再考」参照。

（14）「皇太后宮、日来不予之由人々云々、仍黄昏参入、以二位中将（＝頼宗）令啓達。被仰自去十三日悩気御坐由、秉燭後罷出」（『小右記』長和三年正月二十日の条）

(15)「参皇太后宮、以三位中将(=能信)喚簾下女房、伝命旨。左衛門督教通、三位中将能信、良久談話、日落退出」(『小右記』長和三年十月九日の条)

(16)註1の岡一男著『源氏物語の基礎的研究』「附證　紫式部の歿年に就いて――『平兼盛集』を新資料として――」、及び萩谷朴著『紫式部日記全注釈』下巻(角川書店、昭48)「解説　作者について」参照。

(17)註16の岡一男氏の論、参照。

(18)伊藤博氏は、『日本文学全史2　中古』(学燈社、昭53)第六章1「紫式部日記・家集」において、次のように述べられている。

任半ばで越後守の官を辞し(長和三年六月)三井寺で出家剃髪する為時の動きを式部の死と関連づける想定は『兼盛集』巻末の逸名歌集中の歌と詞書に符合して、長和三年(一〇一四)春ころに式部の卒時を考えるのが通説化している。

(19)註13の角田文衞「実資と紫式部」・今井源衛著『源氏物語の思念』「紫式部の晩年再考」参照。

(20)久保朝孝「紫式部の伝記」(『国文学』学燈社、平7・2)には次のようにある。

没年については、岡説支持であった今井が、角田の考証による寛仁三年(一〇一九)生存説を受け入れ、ほどなく没したと見ることになり、現在はこれが通説化しつつある。

(21)註13の角田文衞「実資と紫式部」参照。

(22)註13の今井源衛著『源氏物語の思念』「紫式部の晩年再考」参照。

(23)ちなみに、「相遇女房」の記述が見られる長和二年八月二十日の条以降、寛仁三年正月五日以前の五年間において、実資、または資平が彰子を訪問したのは十三回あるが、いずれも、長和一・二年に見られた女房との長文の会話や、それに対する実資の感想・記述などは全く見られない。註19、参照。

(24) その詞書には「藤原惟規が越後へ下り侍りけるに遣はしける」とある。

(25) 『紫式部日記』寛弘七年正月十五日の条には、次のように記されている。

……正月十五日、その暁に参るに、小少将の君、明け果てて、はしたなくなりたるに参り給へり。例の同じ所に居たり。二人の局をひとつに合はせて、かたみに里なる程も住む。一度に参りては、几帳ばかりを隔てにてあり。

【17】「若菜上」巻以降の『源氏物語』

(1) 詳細については、拙著『源氏物語　成立研究』（笠間書院、平13）第二章「五十四帖の執筆順序」第三節、参照。

(2) この「藤大納言」が「按察大納言」へと変わったことについては、「紅梅」巻にその原因が求められる。「紅梅」巻は、紅梅大納言が初めて主要な人物として登場する巻である。その巻頭で堂々と「その頃、按察の大納言……」と紹介された呼称を、それ以降成立の「宿木」「東屋」巻が踏襲し、それ以前の単なる脇役の一人でしかなかった時の呼称である「藤大納言」を用いなかった結果、このような呼称の変化となったと思われる。

(3) 「(匂宮は)あだなる御心なれば、かの按察の大納言の紅梅の御方（=宮の御方）をも、なほ、思し絶えず、花・紅葉につけても宣ひわたりつつ、……」(「宿木」巻)

(4) 「(匂宮は)いと、いたく色めき給ひて、通ひ給ふ忍び所多く、八の宮の姫君にも、御心ざしの浅からで、いと繁う、まかで給ふ、頼もしげなき御心の、……」(「紅梅」巻末)

(5) 「『宇治の姫君の、心とまりて覚ゆるも、かうざまなる気配の、をかしきぞかし』と、(薫は)思ひ給へ

り」（「竹河」巻）

（6）「左大臣（＝竹河左大臣）、失せ給ひて、右（＝夕霧）は左に、藤大納言（＝紅梅）、左大将かけ給へる、右大臣になり給ふ。次々の人々、成り上がりて、この薫中将は中納言に……なりて、……この御族より外に、人なき頃ほひになむありける」（「竹河」巻）

（7）小穴規矩子「源氏物語第三部の創造」（『国語国文』昭33・4）、石田譲二著『源氏物語攷その他』（笠間書院、平元）「宿木の巻について」参照。

（8）例えば、「総角」巻において薫は、六の君との婚姻話により一層宇治に赴くことが困難となった匂宮を見て、大君を自邸に移すことが可能である我が身の気軽さを思っている。しかし「宿木」巻には、匂宮と六の君の結婚が決定した背景として、この女二の宮との縁談が薫にあったために、夕霧がやむなく薫を断念して匂宮にする事情があったことが記されている。

（9）詳細については、武田宗俊著『源氏物語の研究』（岩波書店、昭29）「「紅梅の巻」の位置」「「竹河の巻」に就いて」、及び註1の拙著『源氏物語　成立研究』第二章第四節、参照。

（10）「これは、源氏の御族にも離れ給へりし、後の大殿（＝鬚黒）のわたりにありける悪御達《あくごたち》の、落ちとまり残れるが、問はず語りしおきたるは、紫のゆかりにも似ざめれど、かの女どもの言ひけるは。『源氏の御末々に、ひが事どもの交じりて、聞こゆるは、我よりも、年の数、積もり、呆《ほ》けたりける人の、ひが事にや』など、怪しがりける、いづれかは、まことならむ」（「竹河」巻頭）

【18】没後

（1）宮仕えしている賢子に詠んだ源朝任の贈答歌（『大弐三位集』60番）の詞書には「頭の源中将」とある

が、朝任がそのように呼ばれていたのは、寛仁三年（一〇一九）十二月から治安三年（一〇二三）十二月までの間である。中周子「解説　藤三位集」（『藤三位集』和歌文学大系20所収、明治書院、平12）参照。

（2）「殿（＝道長）、例の酔はせ給へり。……『など御父の、御前の御遊びに召しつるに、さぶらはで急ぎまかでにける。ひがみたり』など、むつからせ給ふ」（『紫式部日記』寛弘七年正月二日の条）

（3）親仁親王が東宮時代、賢子が里下がりした際、次の贈答歌が詠まれていることからも、それは窺い知れる。

大弐三位、里に出で侍りにけるを聞こし召して　後冷泉院御歌

待つ人は心ゆくとも住吉の里にとのみは思はざらなむ

御返し　大弐三位

住吉の松はまつとも思ほえで君が千歳の陰ぞ恋しき（『新古今集』巻第一七雑歌中）

（4）「上東門院、世を背き給ひにける春、庭の紅梅を見侍りて　大弐三位

梅の花なに匂ふらむ見る人の色をも香をも忘れぬる世に」（『新古今集』巻第一六雑歌上）

（5）「かくて長元四年九月二十五日、女院、住吉、石清水に詣でさせ給ふ。……出車三つ、……二には……越後弁の乳母、大輔（＝伊勢大輔）……ぞさぶらひける」（『栄花物語』「殿上の花見」巻）

（6）「内裏（＝後冷泉天皇）の御心、いとをかしう、なよびかにおはしまし、人をすさめさせ給はず、めでたくおはします。折々には御遊び、月の夜、花の折、過ぐさせ給はず、をかしき御時なり。弁の乳母、をかしうおはする人にて、おほしたて慣らはし申し給へりけるにや」（『栄花物語』「根合」巻）

（7）第15章の註8、参照。

（8）道長によって紫式部の部屋より無断で妍子に献上された巻々（第15章166頁、参照）を、帚木三帖と限定する場合については、拙著『源氏物語　成立研究』（笠間書院、平13）第三章第一節の三、参照。

（9）「若紫」巻が評判を博していたことは、寛弘五年十一月における敦成親王の五十日の祝宴の際、藤原公任が紫式部に戯れの言葉をかけた『紫式部日記』の記述からも窺われる。第13章143頁、参照。

（10）鎌倉時代書写の高野山正智院蔵『白造紙』に、「兵𠔥經《ナラヒタケカハ》《コウハイ》」と「竹河」「紅梅」の巻序が採られているのは、その証左となろう。

（11）源麗子が『源氏物語』を書写した年時は定かでないが、夫師実死後とすれば、康和三年（一一〇一）二月から、麗子没年の永久二年（一一一四）四月までの間となる。

（12）源俊房・麗子兄妹は、それぞれ『源氏物語』の証本「堀河左大臣俊房本」「従一位麗子本」を伝えている（『河海抄』巻第一）。

紫式部略年譜

年号	西暦	紫式部推定年齢	事項	関係事項
安和元	九六八		為時、播磨権少掾（十一月）。	
二	九六九			安和の変（源高明、大宰府左遷）。
天禄三	九七二		為時、帰京?、藤原為信女と結婚?	
天延元	九七三		姉、誕生（年末）?	
三	九七五	1	紫式部、誕生?	
貞元元	九七六	2	弟惟規、誕生?、母為信女、没?	
二	九七七	3	為時、東宮読書始めの儀において副侍読（三月）。	
永観二	九八四	10	花山天皇、即位。為時、式部丞・蔵人（十月）。	
寛和二	九八六	12	為時、具平親王邸の宴遊に列する。 花山天皇、退位・出家（六月）。	一条天皇、即位。
正暦元	九九〇	16	宣孝、御嶽詣で（三月）、筑前守（八月）。	
長徳元	九九五	21	宣孝、帰京?　この年頃までに姉、死去? 宣孝、神楽人長（十一月）。	宋人七十余人、越前へ（九月）。
二	九九六	22	為時、越前守（正月）。紫式部、共に下向（夏）。	伊周・隆家兄弟、左遷（四月）。
三	九九七	23	紫式部、単身帰京（晩秋）。	
四	九九八	24	紫式部、宣孝と結婚（冬）。	

長保元	九九九	25	宣孝、宇佐使として豊前国へ下向（十一月）。	彰子、入内（十一月）。
二	一〇〇〇	26	紫式部、賢子を出産（もしくは翌年）。 宣孝、帰京（二月）。	皇后定子、崩御（十二月）。
三	一〇〇一	27	宣孝、没（四月二十五日）。	疫病流行。 東三条院詮子、崩御（閏十二月）。
寛弘二	一〇〇五	31	彰子中宮のもとに初出仕（十二月二十九日）。	
三	一〇〇六	32	東三条院で花宴（三月四日）。	
四	一〇〇七	33	惟規、六位蔵人となる（一月）。 伊勢大輔、八重桜の歌を献詠（四月）。 彰子中宮、懐妊（十二月頃）。	
五	一〇〇八	34	彰子中宮に楽府を進講（夏頃〜）。 彰子中宮、土御門邸で法華三十講（四月二十三日〜五月二十二日）。 彰子中宮、再び土御門邸へ退下（七月十六日）。 『紫式部日記』冒頭の記述（同月下旬） 薫物の調合（八月二十六日）。 重陽の節句（九月九日）。 彰子中宮、敦成親王を出産（九月十一日）。 三・五・七・九夜の産養（同月十三日・十五日・十七日・十九日）。	

			一条天皇の土御門邸行幸（十月十六日）。 五十日の祝宴（十一月一日） 御冊子作り（同月）。 彰子中宮、里内裏の一条院に還啓（同月十七日）。 五節の舞、見物（同月二十日）。	
六	一〇〇九	35	彰子中宮、敦良親王を出産（十一月二十五日）。 玉鬘十帖、完成（十二月下旬頃まで）？	具平親王、薨去（七月）。
七	一〇一〇	36	敦良親王の五十日の祝宴（一月十五日）。 妍子、東宮居貞親王に入内（二月二十日）。 『紫式部日記』消息的部分、執筆（夏頃まで）。	
八	一〇一一	37	一条天皇、崩御（六月二十二日）。 惟規、父為時の任国越後に同行し、没す（秋頃）。	三条天皇（居貞親王）、即位。
長和元	一〇一二	38	彰子中宮、皇太后となる（二月十四日）。 一条院追善御八講（五月十五日）。	
二	一〇一三	39	紫式部、実資側の彰子への啓上を取り次ぐ（五月二十五日）。	
三	一〇一四	40	紫式部、没（春）？ 為時、越後守を辞し、帰京（六月）。	
五	一〇一六		為時、三井寺で出家（四月）。	後一条天皇（敦成親王）、即位。
寛仁二	一〇一八		為時、摂政大饗料の屏風詩を献ずる（正月）。	

治安元	一〇二一			菅原孝標女、『源氏物語』を通読。
万寿二	一〇二五		賢子、親仁親王（後冷泉天皇）の乳母となる。	親仁親王、誕生（八月）。
万寿三	一〇二六			彰子、落飾して上東門院と号す（一月）。
四	一〇二七			妍子、崩御（九月）。道長、薨去（十二月）。
長元四	一〇三一		賢子、上東門院彰子の住吉大社等の参詣に随行。	
九	一〇三六			後一条天皇、崩御。後朱雀天皇、即位。
寛徳二	一〇四五		賢子、従三位に叙せられる。	後朱雀天皇、崩御。後冷泉天皇、即位。
天喜元	一〇五三			倫子、逝去。
治暦四	一〇六八			後冷泉天皇、崩御。
延久六	一〇七四			頼通、薨去（二月）。上東門院彰子、崩御（十月）。
永保二	一〇八二		賢子、没？	

『源氏物語』五十四帖の構成

《現行巻序》

- 正篇
  - 第一部
    - 「桐壺」
    - **「帚木」**
    - **「空蟬」**
    - **「夕顔」**
    - 「若紫」
    - 「末摘花」
    - 「紅葉賀」
    - 「花宴」
    - 「葵」
    - 「賢木」
    - 「花散里」
    - 「須磨」
    - 「明石」
    - 「澪標」
    - **「蓬生」**
    - **「関屋」**
    - 「絵合」
    - 「松風」
    - 「薄雲」
    - 「朝顔」
    - 「乙女」
    - **玉鬘十帖**
    - 「梅枝」
    - 「藤裏葉」
  - 第二部
    - 「若菜上」
    - 「若菜下」
    - 「柏木」
    - 「横笛」
    - 「鈴虫」
    - 「夕霧」
    - 「御法」
    - 「幻」
- 続篇
  - 第三部
    - 「匂宮」
    - **「紅梅」**
    - **「竹河」**
    - 「橋姫」
    - 「椎本」
    - 「総角」
    - 「早蕨」
    - 「宿木」
    - 「東屋」
    - 「浮舟」
    - 「蜻蛉」
    - 「手習」
    - 「夢浮橋」

《推定巻序》

- 第一期
  - **「帚木」**
  - **「空蟬」**
  - **「夕顔」**
- 第二期
  - 「桐壺」
  - 「若紫」
  - 「末摘花」
  - 「紅葉賀」
  - 「花宴」
  - 「葵」
  - 「賢木」
  - 「花散里」
  - 「須磨」
  - 「明石」
  - 「澪標」
  - 「絵合」
  - 「松風」
  - 「薄雲」
  - 「朝顔」
  - 「乙女」
  - 「梅枝」
  - 「藤裏葉」
- 第三期
  - **「蓬生」**
  - **「関屋」**
  - **玉鬘十帖**
- 第四期
  - 「若菜上」
  - 「若菜下」
  - 「柏木」
  - 「横笛」
  - 「鈴虫」
  - 「夕霧」
  - 「御法」
  - 「幻」
- 第五期
  - 「匂宮」
  - 「橋姫」
  - 「椎本」
  - 「総角」
  - 「早蕨」
  - **「紅梅」**
  - 「宿木」
  - 「東屋」
  - 「浮舟」
  - 「蜻蛉」
  - 「手習」
  - 「夢浮橋」
  - **「竹河」**

（　　は巻序が異なる巻）

第一期……寡居期、具平親王家サロン周辺で発表された帚木三帖。

第二期……彰子中宮に出仕後、寛弘五年十一月の御冊子作りまでに執筆された巻々。

第三期……御冊子作り以後、寛弘七年一月の妍子の東宮入内までに執筆された巻々。このうち、玉鬘十帖は、妍子入内の献上本として執筆されたと思われる。

第四・五期……寛弘七年二月（より厳密に言えば寛弘六年十二月）以降、紫式部が彰子のもとを辞していたと推定される長和三年正月までに執筆された巻々。

参考までに、『源氏物語』の構成についての従来の通説である正篇・続篇の二部説と三部構成説を併記した。正篇・続篇の二部説とは、「桐壺」巻から「幻」巻までの光源氏の生涯を描いた四十一巻と、次代を描く「匂宮」巻以降、最終巻「夢浮橋」までの十三巻を分けて、それぞれ正篇・続篇とするものであり、三部構成説は、このうち正篇を「藤裏葉」巻までと次巻「若菜上」以降との二つに分けて、五十四帖を三部とする考え方である。

主要参考文献

清水好子　『紫式部』　岩波書店　昭48

稲賀敬二　『源氏の作者　紫式部』　新典社　昭57

今井源衛　『紫式部』（新装版）　吉川弘文館　昭60

阿部秋生　『源氏物語研究序説』　東京大学出版会　昭34

岡一男　『源氏物語の基礎的研究』　東京堂出版　昭41

藤田孝範　『紫式部』　東京堂出版　昭55

伊藤博　『源氏物語の原点』　明治書院　昭55

重松信弘　『源氏物語研究叢書Ｖ　紫式部と源氏物語』　風間書房　昭58

角田文衞　『角田文衞著作集7　紫式部の世界』　法蔵館　昭59

斎藤正昭　『源氏物語　成立研究―執筆順序と執筆時期―』　笠間書院　平13

池田亀鑑・秋山虔校注『紫式部日記』（日本古典文学大系19所収）　岩波書店　昭33

曽澤太吉・森重敏『紫式部日記新釈』　武蔵野書院　昭39

萩谷朴　『紫式部日記全注釈』上・下巻　角川書店　昭46・48

主要参考文献

南波浩校注『紫式部集』（岩波文庫） 岩波書店 昭48
竹内美千代『紫式部集評釈　改訂版』 桜楓社 昭51
山本利達校注『紫式部日記　紫式部集』（新潮日本古典集成） 新潮社 昭55
木船重昭『紫式部集の解釈と論考』 笠間書院 昭56
木村正中他『紫式部集全歌評釈』（『国文学』昭57・10月号） 学燈社 昭57
南波浩『紫式部集全評釈』 笠間書院 昭58
伊藤博校注『紫式部日記』（新日本古典文学大系24所収） 岩波書店 平元
中野幸一校注『紫式部日記』（新編日本古典文学全集26所収） 小学館 平6
中周子校注『紫式部集』（和歌文学大系20所収） 明治書院 平12
宮崎荘平全訳注『紫式部日記』上・下（講談社学術文庫） 講談社 平14

初出一覧

「紫式部伝考（一）」（『いわき明星大学人文学部研究紀要』第15号、平14・3）
「紫式部伝考（二）」（『いわき明星大学人文学部研究紀要』第16号、平15・3）
「紫式部伝考（三）」（『いわき明星大学人文学部研究紀要』第17号、平16・3）
「紫式部伝考（四）」（『いわき明星大学大学院人文学研究科紀要』第2号、平16・3）
「紫式部伝考（五）」（『いわき明星大学人文学部研究紀要』第18号、平17・3）
「紫式部伝考（六）」（『いわき明星大学大学院人文学研究科紀要』第3号、平17・3）

（内容については一部、改稿・加筆を行った）

あとがき

『源氏物語　展開の方法』『源氏物語　成立研究』に続く筆者の第三著『紫式部伝――源氏物語はいつ、いかにして書かれたか』を刊行する運びとなった。しかも本書は、一般読者をも視野に入れた四六版という形である。研究者として望外の喜びと申し上げるほかない。

『源氏物語』の成立事情という問題に筆者が取り組むようになったのは、帚木三帖に対する素朴な疑問からである。昭和六十三年には、中古文学会春季大会において「帚木三帖における藤壺の存否」を発表した。爾来、『源氏物語』初期の巻々の展開と絡めて考察を重ね、その他の拙稿を含めてまとめたのが平成七年刊の『源氏物語　展開の方法』(笠間書院)である。しかし、この段階においては未だ研究課題の全貌は見えておらず、疑問点の明確化とその解答の方向性の提示に止どまっていた。『源氏物語』五十四帖全体に及ぶ考察に至ったのは、平成十三年刊の『源氏物語　成立研究』(同社)においてである。当初、目的としていた五十四帖の執筆順序の推定のみならず、五十四帖の執筆時期にまで言及することが出来たのは、筆者にとっても嬉しい誤算であった。この第二著を書き終えた時点で、一定の成果を挙げたという思いはあったが、自説の信憑性を高め、また補強する意味においても、紫式部伝の観点からの考察が不可避であるとも感じていた。以後、大学の紀要に

「紫式部伝考」と題して毎年、執筆を続け、本著の発表に至った次第である。

紫式部に関する三百余の論文に目を通し、著者なりの考察を続けて成った本著は、自身の研究の集大成でもあり、ささやかながら『源氏物語』の成立事情のみならず、紫式部の実像に迫り得たという自負はある。『源氏物語』に向き合うことに専心する日々も、思えば四半世紀を越えた。この恵まれた環境に報いる、いささかの責任を果たし得たのではないかという満足感も抱いている。

最後に、学生時代より今日に至るまで、暖かい御指導を賜った菊田茂男先生・井上英明先生・藤田菖畔先生に深い感謝の意を申し上げたい。故安井久善先生からは、笠間書院との縁を結んで頂いた。四十路に達せぬ未熟な研究者に自著を持つようにとの強い御助言が無かったならば、怠慢から研究に更なる長い歳月を要したであろうし、果たして本著のような考察にまで辿り得たかも甚だ疑問である。また、本著の刊行を快く承諾して頂いた笠間書院の池田つや子社長、前二著に引き続き担当して頂いた大久保康雄氏に心より御礼申し上げる次第である。

平成十七年一月吉日

斎藤正昭

［著者略歴］
斎藤　正昭（さいとう　まさあき）
1955年　静岡県生まれ。
1987年　東北大学大学院国文学博士課程単位取得退学。
現　在　いわき明星大学人文学部表現文化学科教授。

＊著　書
『源氏物語　展開の方法』（笠間書院、平成７年）
〈私学研修福祉会研究成果刊行助成金図書〉
『源氏物語　成立研究』（笠間書院、平成13年）

＊現住所　〒970-8044　福島県いわき市中央台飯野3-3-1

紫式部伝《むらさきしきぶでん》―源氏物語《げんじものがたり》はいつ、いかにして書《か》かれたか

2005年５月30日　初版第１刷発行
著者　斎藤正昭
装幀　右澤康之
発行者　池田つや子
有限会社　笠間書院
東京都千代田区猿楽町2-2-5［〒101-0064］
電話 03-3295-1331　Fax 03-3294-0996
NDC分類：913.36
ISBN4-305-70288-6

モリモト印刷・渡辺製本
落丁・乱丁本はお取りかえいたします。（本文用紙・中性紙使用）
出版目録は上記住所までご請求下さい。
http://www.kasamashoin.co.jp